나는,
소방서로
출근합니다

# 나는,
# 소방서로
# 출근합니다

우리가 몰랐던 소방관 이야기

이무열(소방관 아빠 무스) 지음

지식인하우스

● 차례

프롤로그 ⋯ 008


1장  소방관으로 살아간다는 것

혼자라면 힘들지만, 함께라면 할 수 있다 ⋯ 013

비상소집과 삼겹살 ⋯ 017

폭염 ⋯ 021

태풍 ⋯ 025

폭우 ⋯ 031

산사태 ⋯ 036

불조심 강조의 달과 소방의 날 ⋯ 044

어미닭과 병아리 ⋯ 049

민원인 ⋯ 055

그 섬에 가고 싶다 ⋯ 065

**2장** 극한직업

소방관의 비애 … 069

손가락 열상 … 076

선박화재 … 084

할아버지의 지팡이 … 087

산불 … 093

신속과 안전… 099

자살 … 109

반지하에 사는 사람들을 구하려면 에어컨을 끄자 … 119

벌집 제거 … 127


**3장** 긴급출동

나의 첫 심폐소생술 … 135

소방관들의 무사귀환을 기원합니다 … 140

소방관은 슈퍼맨이 아니다 … 146

VIP와 119구급대원 … 151

건물 붕괴 … 156

이태원과 CPR ··· 162

## 4장 소방관의 봄

다시 봄 ··· 173

바다의 119 소방정 706호 ··· 176

학부모 재능기부 가던 날 ··· 181

우리집의 히어로 ··· 187

'빨리빨리'와 냄비근성 ··· 192

영원한 오빠 송해 오빠를 추억하며 ··· 199

막둥이, 소방서에 가다 ··· 204

나의 월드컵 관전기 ··· 208

**에필로그** ··· 218

이 책의 내용은 작가의 개인적인 생각입니다.
다른 소방관이나 소방 조직의 생각과는 다를 수 있음을 알려드립니다.

# 나는 소방관입니다

점점 겨울이 깊어져 가고 있습니다. 겨울은 소방관들에게 가장 추운 계절인 동시에 가장 힘든 계절입니다. 또한 가장 위험한 계절이기도 합니다. 저는 23번째 겨울을 소방서에서 보내고 있습니다. 거의 제 인생의 절반을 소방서에서 보낸 셈입니다. 23년 동안 많은 일이 있었습니다. 화재를 진압하다가 불타고 있는 집 지붕에서 떨어져 죽을 뻔하기도 했고, 소방서에서 배운 CPR로 몇 명의 사람들을 살리기도 했습니다. 구급 출동을 나갔다가 한 노인의 지팡이에 찔리기도 했고, 인생의 멘토였던 선배 소방관을 화마

(火魔)에 잃기도 했습니다. 그럼에도 불구하고 이곳에서 23년 동안이나 버틸 수 있었던 것은 사람에 대한 사랑 때문이 아니었나 싶습니다.

나의 도움이 필요한 사람들에 대한 사랑, 어려운 상황에서도 서로 도와가며 힘든 일을 함께 해낸 선후배에 대한 사랑, 내가 아니면 지킬 수 없다고 생각한 아내와 가족에 대한 사랑. 그 사랑들을 모아서 23년간 뜨거운 불꽃을 껴안고 살아왔습니다.

이제는 그렇게 다 타버린 제 속내를 드러내 보이고 싶습니다. 활활 타올라서 허옇게 식어버린 연탄재처럼 누군가의 마음에 하얀 글씨로 제 마음을 한 자 한 자 써 내려가고 싶습니다.

소방관으로서의 23년의 인생을 보고 어떤 이는 비웃을지 몰라도 저에게는 소방서에서 동료들과 함께한 순간순간이 이제는 보석처럼 빛나는 열매로 남았습니다. 그 빛나는 열매를 이 책에 하나하나 엮었습니다. 이 글들이 누군가에게는 희망으로, 누군가에게는 위로로, 또 누군가에게는 사랑으로 다가갔으면 좋겠습니다.

이 겨울이 지나면 또 새로운 봄이 찾아오겠지요? 새 봄날의 따스한 햇살을 그리며 오늘은 여기, 춥고 거친 바람이 부는 화재현장에서, 지금까지 늘 그래 왔듯이 저는 또 불과 싸우고 위험에 처한 사람들을 구할 겁니다. 그리고 봄이 찾아오면 웃으며 그들에게 말할 겁니다. 당신이 있어서 내가 행복하다고…

1장

# 소방관으로
# 살아간다는 것

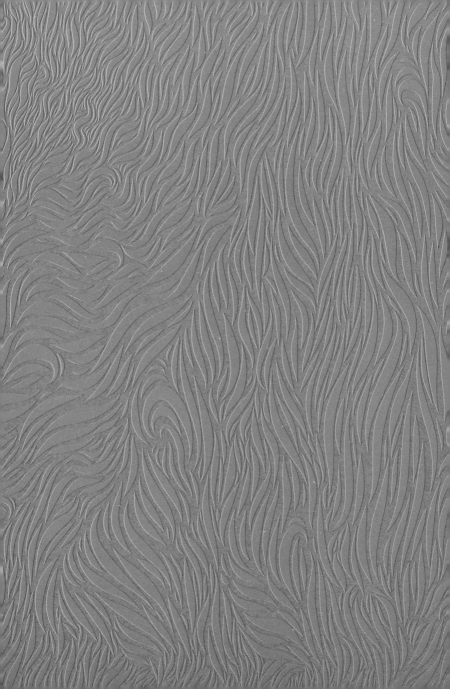

# 혼자라면 힘들지만,
# 함께라면 할 수 있다

소방이란 세계에 처음 입문했을 때는 너무도 모르는 것이 많았고 할 수 없다고 생각되는 일들도 많았다. 불이 나서 온통 화염과 매연으로 뒤덮인 건물 안으로 뛰어드는 일, 구급차 안에서 막 숨이 끊어지려는 환자를 심폐소생술을 해가며 병원으로 내달리는 일, 고층 건물에서 뛰어내리려는 자살기도자를 설득하며 그에게 다가가서 손을 잡아주는 일… 그 모든 일이 내게는 불가능한 일로 보였다. 그동안 몇 번이나 이 조직을 떠나려고 했고 몇 번이나 옷을 벗어던지려 했던가?

하지만 그때마다 내 손을 잡아주는 동료들이 있었다. 할 수 있다고, 한번 해보라고 손을 내밀어 주는 선배들이 있었고 믿고 따라와 주는 후배들이 있었다. 그들 때문에, 아니, 그들 덕분에 소방서 생활 20년, 여기까지 온 건지도 모르겠다.

십여 년 전, 부산에서 유명한 국제시장에서 큰불이 난 적이 있다. 우리가 현장에 도착했을 때는 이미 커다란 불길이 건물을 집어삼킨 후였다. 우리 팀은 사다리를 펴고 불이 난 건물 지붕으로 올라가, 기와로 된 지붕에 구멍을 낸 다음 그 아래로 물을 쏘는 작전을 짰다. 국제시장에는 일제강점기에 일본인들이 만들어 놓은 적산가옥이 많았고 그런 건물들은 지붕이 기와로 되어 있어서 도끼와 망치질 몇 번이면 구멍을 낼 수 있었기 때문이다. 난 팀장님, 후임과 함께 지붕에 올라가 기왓장들을 도끼로 내리치기 시작했다. 10분쯤 했을까? 겨우 기왓장을 부수고 이글이글 불타고 있는 건물 내부가 보이나 싶었는데…

"와장창!"

요란한 소리를 내며 내 발밑의 기와들도 아래로 떨어져 버리고 말았다. 화재를 진압하기 위해 뿌린 물에 흠뻑 젖은 기와가 도끼질 몇 번에 다 파괴되어 버린 것이다. 나는 불길이 벌겋게 입을 벌리고 있는 건물 내부로 추락하다 겨우 남아 있는 기왓장 한 귀퉁이를 잡았다. 그것마저 부서졌다면 난 아마 지금 이 세상 사람이 아닐 것이다. 난 팀장님과 후임의 손을 잡고 겨우 시뻘건 불길의 혓바닥에서 빠져나올 수 있었다. 다시 생각해도 몸서리가 쳐지는 장면이지만, 난 그 손길 덕분에 지금도 건강하게 소방관 생활을 계속하고 있다.

'감사합니다. 팀장님, 선배님, 후배님!'

무뚝뚝한 남자들의 세계에서 제대로 고마움을 표시하지 못했지만 이 자리를 빌려 제대로 감사하다고 말하고 싶다. 그 자리에 있어줘서, 내 손을 잡아줘서 고맙다고… 그리고 누군가 내게 그 힘든 소방관을 20년이나 했냐고 묻는다면 나는 이렇게 말할 수 있다. "혼자라면 힘들지만 함께라면 할 수 있습니다." 그래서 나는 오늘도 나의 도움이 아닌 우리의 도움을 기다리는 곳으로 뛰어간다. 나 혼자는 힘들지만 우리가 함께 가면 할 수 있다는 것을 잘 알기 때문이다.

파이팅! 부산소방이여!

파이팅! 나의 젊음이여!

20년 나의 청춘을 소방에 바쳤지만 후회는 없다.

언제나 나와 함께하는 우리가 있었기에.

# 비상소집과
# 삼겹살

비상소집과

3교대로 돌아가는 비번과 당번, 휴일 근무로 인해 소방관의 일과는 일반인과는 많이 다르다. 소방관은 다른 사람들이 쉴 때 쉬지 못하고 일하는 날이 많다. 그래서 소방관이 되면 사회와 학교에서 만난 친구들은 잘 만나지 못해서 하나둘 멀어지고 소방관들끼리만 어울리게 된다. 어쩔 수 없는 숙명이다. 또 하나 특이한 점이 있다면 비상소집에 응해야 한다는 것이다. 대형화재가 나거나 관내─보통 소방서 관할 지역으로 하나의 구(區)가 되는 경우가 많다─에 큰 사고가 일어나면 비상소집이 걸린다. 그러면 어디에서 뭘 하던 중이더라도 비상소집에 응해야 한다. 규정에는 한두 시간 내에 응소—비상소집에 응함—해야 한다고 되어 있지만 실제로는 열 일 제쳐두고 최대한 빨리 화재가 난 현장으로 가야 한다. 불은 나를 기다려 주지 않으니까 말이다.

언젠가 애들이 초등학교 들어가기 전이었나 보다. 삼겹살을 좋아하는 우리 가족은 일요일이었던 그날 저녁도 거실에다 신문지를 깔아놓고 가스버너 위에 삼겹살을 굽고 있었다. 집에서 먹으면 냄새가 좀 배긴 해도 다른 사람들 눈치 보지 않고 맘껏 먹을 수 있어 종종 집에서 구워 먹곤 했다.  고기 한 점을 쌈장에 찍어 상추에 얹으려는데 전화벨이 울렸다. 소방서였다. 관내 공장에서 대형화재가 났으니 빨리 응소하라는 것이었다. 심각하게 전화를 끊고 내가 젓가락을 내려놓으니 애들 얼굴에 웃음기가 사라졌다. 소방관 마누라 10년 차였던 집사람이 걱정스러운 표정으로 물었다.

"비상 걸렸어?"

난 고개를 한 번 끄덕이고 안방으로 들어가 옷을 갈아입고 나왔다. 몇 분 전만 하더라도 고기를 구워 먹는다고 좋아했던 아이들의 얼굴이 어두워졌다. 아빠와 맛있는 저녁을 먹는 줄 알았는데 아빠가 불 끄러 가야 한다는 걸 눈치챘는지 네댓 살 정도였던 둘째의 눈엔 눈물이 고였다. 난 둘째를 안아주었다.

"아빠 금방 올게."

둘째가 품 안에서 눈물을 흘렸다.

"아빠, 다치지 말고 빨리 와야 해!"

화재현장에서 내가 손을 다친 지 얼마 되지 않아서였을까? 둘째는 내가 또 다칠까 봐 겁에 질린 목소리로 울먹이며 말했다.

"그럼, 아빠 이 고기 식기 전에 빨리 불 끄고 올게. 기다려~"

나는 아이를 달래기 위해 삼국지에 나오는 관운장처럼 아이와 눈을 맞추며 호기롭게 말했다. 하지만 그 말이 지켜지지 않을 줄 그 누구보다 내가 가장 잘 알았다. 그러고는 여전히 걱정스러운 표정을 짓고 있는 아내와 첫째를 애써 외면하고 집을 나섰다.

다시 집으로 돌아온 시간은 새벽 3시였다. 그래도 화세가 초반에 잡혀서 다행이었다. 안 그랬으면 며칠 동안 집에도 못 들어가고 화재현장에 있을 뻔했다. 어차피 아침이 되면 다시 출근해야 하지만 잠시라도 집에서 눈을 붙이고 싶어 집으로 왔다. 애들은 벌써 자기네 방에서 곯아떨어져 있었고 와이프는 걱정이 되어서 아직 못 잤는지 충혈된 눈으로 문을 열어주었다.

"채윤이가 아빠 올 때까지 고기 안 먹겠다고 해서 달래느라 고생 좀 했어."

아내는 충혈된 눈을 비비며 웃으며 말했다. 나도 잠든 애들을 보며 씩 웃었다. 둘째에게 거짓말한 죄로 오늘 저녁엔 퇴근하면서 삼겹살을 좀 더 사와야 할 것 같았다. 아이들의 쌔근거리는 숨소리 사이로 새벽이 밝아오려 하고 있었다.

# 폭염

어제 남해안을 스쳐 지나간 태풍 '루핏'의 영향으로 더위가 좀 수그러졌나 싶었는데 낮에는 여전히 덥다. 짧았던 장마 때문인지 한 달 가까이 이어진 폭염은 소방관들의 하루를 더 뜨겁게 만들고 있다. 소방관을 영어로 하면 firefighter, 직역하면 불과 싸우는 사람이다. 그런데 여름에 불과 싸우려니 얼마나 덥겠는가?

내가 초임 소방관 시절에는 겨울에 불이 많이 났고, 여름의 소방서는 거의 개점휴업(?) 상태였다. 불이 안 나니 소방관들이 논다고 생각하는 사람들도 많았다. 하지만 20년이 지난 요즘은? 사실 여름이 더 바쁘다. 그때는 단순히 불만 끄는 수준이었다면 요즘은 그 외에도 교통사고 구조출동, 개 포획 등 동물 구조, 말벌집 제거, 자살 등 긴급상황 시 방화문 시건개방, 태풍 등 자연재해 시 아파트 베란다 안전조치, 집중호우 시 인명 구조 등 셀 수 없이 많은 출동을 해야 한다(하수구 열쇠 수거 등 잡다한 대민지원(?) 출동은 제외하고도 말이다). 그리고 중요한 것은 요즘은 여름에도 불이 많이 난다는 것이다!

20년 전에는 겨울에 추위를 막기 위해 화목, 연탄 등으로 난방을 했고 목조 건축물도 많아 겨울에 불이 많이 났다. 하지만 요즘은 대다수 난방시설이 가스로 되어 있고 콘크리트 건축물이 많아 계절의 영향을 덜 받는다. 오히려 냉방기를 많이 쓰는 여름에 전력 과부하로 전기화재가 나는 경우가 많다. 그러기에 여름 소방서는 불과의 사투를 벌이면서 한편으론 여러 구조 출동벨 소리로 쉴 틈이 없다. 문제는 요즘 같은 여름에는 움직이기만 하면 땀인데, 대다수의 출동이 입기만 하면 땀이 나는 두꺼운 방화복을 입어야 한다는 사실이다.

소방관 1명이 지녀야 하는 개인장비 무게를 더해보니

27.5킬로그램이었다. 거기다 화재진압에 필수인 소방호스를 끌고 다니면서 물을 뿌리고 작업을 해야 하니, 실제로 소방관 1인이 감당해야 하는 무게는 40~50킬로그램에 육박할 것이다. 게다가 요즘 같은 폭염에 700~800도가 넘는 불과 맞서다 보면 방화복 내부의 온도는 50도를 훌쩍 넘어버리고 소방관의 체내 온도도 40도를 넘게 된다. 이런 옷을 입고 장비를 차고 불과의 사투를 벌이다 보면 어느새 얼굴은 벌겋게 익고 온몸이 땀으로 흘러내린다. 화재진압 시간이 길어질수록 탈진한 소방관이 생겨나고 몇 년 전에는 탈진으로 순직한 동료들도 있었다.

덥기는 구급대원도 마찬가지다. 코로나 변이 바이러스가 공포로 다가오는 요즘, 구급차를 타고 환자를 이송해야 하는 구급대원들은 코로나 의료진과 마찬가지로 방호복을 입고 출동한다. 구급차 안이나 병원은 냉방시설이 잘 갖추어져 있다고 하더라도 구급현장에서는 냉방시설이 전무한 경우가 많다(게다가 방호복은 전혀 통풍이 되지 않는다). 그런 현장에서 몸이 불편한 환자를 구급차까지 옮기다 보면 역시 땀으로 샤워하게 된다. 숨이 턱턱 막히고 고글에 땀이 차기도 하지만 환자를 무사히 병원에 이송하기 전까지는 방호복을 벗을 수도 없다.

이렇게 뜨거운 여름을 더 뜨겁게 보내야 하는 소방관들에게 화재현장에서 잠시 휴식을 취할 수 있는 소방관 회복 차량이 도입되었다는 것은 아주 좋은 소식이다. 하지만 전국에 있는 회복 차량을 다 합쳐봐야 30명을 수용할 수 있는 트레일러형은 2대, 그보다 작은 버스형은 6대밖에 없다고 하니, 아직 모든 소방관들에게 그 혜택이 돌아가려면 좀 더 기다려야 할 것 같다. 결국 올해도 그 유명한 솔로몬의 명구처럼 '이 또한 지나가리라' 하며 이 여름을 보내는 수밖에 없을 것 같다. 아쉽긴 하지만 내년에는 우리 모두의 노력으로 지구 온난화가 느려져서 좀 더 시원한 여름이 되기를 간절히 바라본다.

전국의 소방관님들! 모두 각자의 건강 잘 지키면서 남은 여름도 파이팅입니다!

# 태풍

　제12호 태풍 오마이스가 남해안에 상륙해 내륙을 관통하고 포항 쪽으로 빠져나갔다. 이번 태풍은 바람의 위력은 크지 않지만 발달한 장마전선과 겹쳐 많은 비를 뿌리고 심각한 피해를 가져올 것으로 예상되었다.

　내가 소방에 입문하여 처음으로 제대로 맞닥뜨린 태풍은 2003년 태풍 '매미'였다. 2003년 9월 12일. 마침 추석 연휴를 맞아 친척들과 오랜만에 포근한 시간을 가지고 있었는데 갑자기 비상이 걸렸다. 차를 몰고 소방서로 가려는데 신호등이 떨어질 듯이 흔들리고 차에서 내리려 해도 차문이 열리지 않을 정도로 바람이 셌던 기억이 난다. 소방서에 도착해 보니 비번자 모두가 비상소집되어 분주히 움직이고 있었다. 옷을 갈아입을 시간도 없이 출동의 연속이었다. 아파트 베란다에 대형 유리창이 깨져 안전조치를 해달라는 신고가 가장 많았다. 심한 곳은 거실 발코니 창까지 모두 깨져 가족이 거기에 발을 베어 피를 흘리고 있는 집도 있었다. 그 외에도 차량 침수, 고층 건물 간판 안전조치, 바람에 날아간 지붕 안전조치 등 밤새 쉴 새 없이 출동을 했는데 하이라이트는 다음날 아침이었다.

그 당시 내가 근무했던 소방서는 다대포라는 해안가에 자리 잡고 있었는데, 근처에 새로 생긴 대형 찜질방이 있었다. 그런데 태풍 매미의 영향으로 바닷물이 역류하는 바람에 찜질방으로 뻘과 토사가 모두 유입되어 입구가 막혀 버렸다. 그래서 사우나와 찜질을 즐기던 손님들은 전기도 물도 모두 끊어진 찜질방에 갇혀 하룻밤을 꼬박 지새워야 했다. 그때만 해도 휴대폰도 잘 터지지 않는 지역들이 많았기 때문에 119에 신고도 다음 날이 되어서야 할 수 있었다. 그래서 우리가 도착했을 때는 찜질방은 밀려든 토사로 인해 거의 매몰 상태였고 내부는 아비규환 그 자체였다.

입구를 막은 토사와 뻘을 간신히 제거하고 안으로 들어가자 깨진 유리창에 다친 사람들과 충격으로 실신한 사람들이 옷도 제대로 입지 못한 채 널브러져 있었다. 특히나 여자 찜질방이 더 심했는데, 여자 찜질방은 1층에 있었고, 또 추석에 음식 장만하느라 고생한 부녀자들이 몸을 풀기 위해서 많이들 와 있었기 때문이다. 우리는 그 뻘 구덩이 속에서 한 사람 한 사람 차례로 구조하여 구급차에 태워 병원으로 이송시켰다. 그들 모두 이구동성으로 하는 말이 '죽는 줄 알았다'는 것과 '살려주서서 고맙다'였다. 모든 것을 끝내고 나니 허리가 끊어질 듯 아팠다. 태풍의 위력을 제대로 실감한 날이었다.

그 외에도 매년 해마다 태풍이 오는 시기에 수많은 출동을 해왔지만 항상 현장에 가면 느끼는 것이 있다. 다들 아는 사실이지만 태풍이 올 때는 무엇보다도 대비가 우선이라는 것이다. 내가 근무하는 부산은 해안가에 있는 아파트가 많아 태풍이 오면 아파트 베란다 유리창이 깨져서 출동하는 경우가 가장 많은데, 일단 태풍이 온다는 예보가 있으면 자기 집 베란다가 안전한지를 확인해 보는 일이 가장 중요하다. 보통 많은 사람들이 테이프를 붙이는 것으로 나름 안전조치를 했다고 생각하는데, 내 경험상 그 방법은 그다지 효과가 없다. 테이프를 붙이는 것은 유리창이 깨질 때 조각들이 여기저기 흩어지지 말라고 붙이는 것이지, 깨지는 것을 막을 수는 없다. 차라리 혹시 걸려 있지 않은 잠금장치가 있는지 확인하고 잘 걸리지 않는 잠금장치가 있다면 그것을 수리해서 제대로 걸어 창을 고정시키는 것이 낫다. 그리고 섀시 문 사이가 떠서 덜컹거린다면 그 사이에 종이나 다른 것을 끼워 안 흔들리게 고정하는 것이 중요하다. 하지만 이 모든 방법도 한계를 넘어서는 강풍 앞에서는 무용지물이 될 수 있다. 그리고 노후된 아파트라면 문틀 자체가 떨어져 나갈 수도 있다.

2020년에 태풍 마이삭이 왔을 때 출동한 동료 대원에게 들은 얘기인데 아파트 베란다 창문이 흔들린다는 신고를 받고 출동해 보니 베란다 문틀 자체가 빠지려고 하고 있었다는 것이다. 여지없이 좀 노후된 아파트였다. 그래서 어떻게 했냐고 물으니 대원들 모두가 베란다 문틀을 잡고 태풍이 지나가기를 기다리며 거의 두 시간 동안을 버텼다고 했다.

"25층에서 그게 휘청휘청 흔들리는데 잡고 있는 우리

까지 흔들리더라. 그걸 놓으면 문틀째 떨어져서 밑에 있는 자동차나 사람들이 맞으면 대형 사고 나겠제, 그렇다고 잡고 있자니 우리까지 같이 떨어질 것 같제, 정말 다리가 다 후들거리더라.”

그분도 소방서 생활 20년이 넘은 분인데 그렇게 표현한 걸 보면 정말 그 밤에 진땀깨나 흘리셨나 보았다. 태풍이 오기 전에 안전을 확인하는 것은 이렇게나 중요하다. 각자 자기 집에서든 일터에서든 태풍 소식이 있을 땐 주위를 점검하는 일명 '비설거지'가 필요하다. 이렇게 대비를 해 놓으면 우리네 속담처럼 가래로 막을 거 호미로 막을 수 있다. 평소에 베란다 창문 잠금장치 정도만 수리해 놓으면 나중에 태풍으로 베란다 섀시 전체를 교체하는 일을 피할 수 있다. 그리고 혹시나 깨진 유리창에 부상을 입고 119에 실려가는 일도 피할 수 있을지 모른다.

자연의 위력 앞에서 인간은 미미한 존재다. 하지만 미리 알고 대비할 수 있다면 피해를 줄일 수 있다. 정확한 통계는 안 나왔지만 동일한 강도의 태풍 등 자연재해로 발생한 인명 피해가 중국이 100명이라면 한국은 10명, 일본은 1명 정도 되는 것 같다. 같은 재난이지만 대응시스

템이 잘 갖춰진 일본과 그렇지 않은 중국과는 약 100배의 차이가 나는 것이다. 우리는 이미 여러 분야에서 일본을 따라잡았고 또 능가하고 있지만 자연재해에 대한 대비만큼은 아직 못 따라가는 것 같다. 국가 차원의 지원은 어느 정도 단계에 접어들었지만 국민 개개인의 안전에 대한 의식과 행동이 아직 아쉽다. 태풍이 부는 날 찜질방에 간 사람들처럼 우리나라 사람들은 위험하다고, 하지 말라고 하면 더 하려는 경향이 있다. 폭우가 오는데 계곡에서 야영을 하는 사람들이나, 태풍이 예보되어 있는데도 강이나 바다에 들어가 수영이나 해양 레포츠를 즐기려는 사람들…

  2020년 7월 31일, 지리산 피아골에서 폭우로 불어난 물에서 수영을 하던 피서객을 구하려다 (고) 김국환 소방교가 순직했다. 우리의 임무가 사람들을 구조하고 살리는 것이지만 그 피서객이 안전의식을 가지고 물에 들어가지 않았더라면 또한 젊은 구조대원의 죽음도 막을 수 있지 않았을까? 부디 모두들 '나 하나쯤이야' 하는 생각은 버리고 우리 모두의 생명과 안전을 위해 자연 재난이 발생하면 정해진 안전수칙에 따르는 것은 어떨까?

# 폭우

　태풍 '찬투'의 영향으로 지금 부산에도 비가 내리고 있
다. 찬투는 17일쯤에 제주도와 여수 사이를 지날 예정이
다. 현재는 중국 상하이쯤에 머물고 있는데, 벌써부터 제
주도에 시간당 300밀리미터 이상의 폭우를 뿌렸다고 한
다. 태풍이 오면 예외 없이 따라오는 것이 폭우다. 중국과
일본의 폭우 소식에 이어 우리나라도 태풍으로 인한 폭
우 가능성이 있다. 폭우란 말을 들으니 작년이 생각난다.
2020년 여름, 부산에서 시간당 80밀리미터의 폭우로 인
해 승용차가 지하차도에 갇혀 3명의 사망자가 발생했다.

현장대응 부실 논란으로 그때 구조활동에 투입되었던 소방관들도 소송에 휘말리는 등, 부산소방은 순탄치 않은 한 해를 보냈다.

2020년 7월 23일, 저녁 10시경. 쏟아진 집중호우로 순식간에 부산 초량 제1지하차도에 물이 들어찼다. 처음에는 자동차 바퀴 정도로만 물이 차올랐기 때문에 몇몇 차량들이 그대로 진입했다. 별다른 통제 조치가 이루어지지 않았고 지하차도 내부 상황을 알려주는 전광판도 7년 전에 이미 고장 난 상태였다. 하지만 저녁 10시 40분경, 침수 수위가 급격히 높아지며 2.5미터에 달했고, 그때 지하차도 안에 있던 6대의 차량들이 그대로 침수되었다. 그 안에 있던 운전자를 비롯한 탑승자 9명은 탈출을 시도했지만 이 중 3명이 목숨을 잃었다.

물이 자동차에 들어차기 시작하자 운전자들은 당황했을 것이다. 엔진룸 이상으로 물이 차오르면 자동차의 시동이 꺼지면서 오도 가도 못하는 상태가 된다. 그리고 자동차의 전기장치에 물이 들어가면 자동차 도어나 창문이 열리지 않을 수도 있다. 그러면 보통 사람들은 소위 말하는 '멘붕' 상태에 빠진다. 자동차 문은 열리지 않는데 물은 점점 차오르고, 급히 119에 전화를 걸어보지만 이미 폭주 상태로 연결이 되지 않는다. (사고 당시 119 구조대가 현장에 도착한 시간은 피해자가 신고한 시간보다 30분이나 늦은 시간이었다. 부산 곳곳에서 폭우 피해로 신고가 폭주한 데다, 구조대는 이미 모두 다른 사고현장에 투입되어 있었기 때문이다.) 당신이라면 어떻게 할 것 같은가? 아마도 방송이나 인터넷에서 봤던 재난 정보를 떠올리며 자동차의 머리 부분, 헤드레스트를 떼어내 뾰족한 부분으로 유리창을 부수려 할지도 모르겠다.

헤드레스트는 옆에 있는 단추만 누르면 간단하게 뽑을 수 있다고들 하지만 실제로 뽑아본 사람은 많지 않을 것이다(빗물이 들어차는 긴급상황에 처음 뽑아보면 그것조차 힘들 수 있다). 그런데 막상 이걸 뽑았다고 하더라도 창문을 깨기는 쉽지 않다. 헤드레스트 끝부분이 창을 깰 만큼 뾰족하지가 않기 때문이다. 그리고 요즘 나오는 차들은 대부분 차창이 약간 곡선을 이루면서 비스듬히 내려가 있다. 거기다가 빗물에 젖은 상태라고 해보자. 웬만큼 힘쓰는 남자가 아니라면 그 상황에서 차창을 깨긴 쉽지 않다.

일반 여성이라면 아마 깨다 지쳐 포기할 것이다. 물이 차오르는 급박한 상황에선 남성도 쉽지 않은 일이다. 그런데도 TV나 인터넷에 나오는 재난정보에선 아주 쉽게 얘기한다. "자동차 침수 시엔 헤드레스트를 뽑아서 유리창을 깨고 나오면 됩니다. 아니면 창문 높이까지 물이 차오르길 기다렸다가 자동차 내외의 수위 차가 30센티미터 이하가 되면 문이 쉽게 열리니 그때 문을 열고 나오면 됩니다."

이것도 좀 생각해 봐야 할 문제다. 자동차 내외의 수위 차가 30센티미터 이하가 되려면 적어도 자동차 창문 중간 높이 이상으로 물이 차야 할 것이다. 하지만 그때 문을 열고 나가면 제대로 움직이기도 어렵다. 수영을 아주 잘하는 사람이라면 모를까, 바닥도 확인하기 어려운 어두운 곳에서 가슴높이까지 찬 물을 헤치고 터널 끝까지 걸어가다가 발이라도 헛디디게 되면 미끄러져 죽을 수도 있다(실제로 지하차도에서 사망한 여성 1명은 그런 케이스였다).

여기 아주 간단하게 비상시 차 유리창을 쉽게 깰 수 있는 제품이 있다. 제품명은 '레스큐 미'로, 한 손에 들어갈 크기로 휴대도 간편하다. 위쪽 검은색 부분을 차창에 대고 힘껏 누르기만 하면 차창 유리가 깨진다(아래쪽 부분은 열쇠고리로도 쓸 수 있고, 일종의 안전장치로 되어 있는데 그걸 뽑으면 안쪽의 칼날을 사용해서 안전벨트도 자를 수 있다). 만약 자동차가 침수되었다면 당황하지 말고 이걸로 차 유리창을 깨고 깨진 유리를 툭툭 털어내고 탈출하면 된다. 인터넷으로도 구입할 수 있고 비용도 생각보다 저렴한 것으로 알고 있다(만약을 대비한 목숨 값 치고는 굉장히 저렴하다).

사고를 당해서 당황하는 것보다 미리미리 정보를 알아놓으면 유용할 때가 있다. 아니, 유용함을 떠나서 목숨을 건지게 되는 경우도 있다. 앞으로 이상기후와 맞물려 태풍, 폭우, 폭염, 산사태 등의 재난은 더욱 자주 발생할 것이다. 다른 말로 하면 소방관은 점점 더 바빠진다. 그러면 그때마다 119를 찾을 것이 아니라(대형 재난일수록 119가 골든타임 내에 도착할 가능성은 더욱 낮아진다) 개인이 각자 재난에 대한 정확한 정보를 가지고 스스로 대비해야 할 때가 된 것이다. 세월호 사건에서도 '기다리라'는 말만 믿고 가만히 있었던 사람들은 모두 다 희생되었다. 정확한 재난 지식을 가지고 빠른 판단을 하는 한 사람의 리더만 있었어도 많은 생명을 살릴 수 있었을 것이다. 우리 모두 그런 지식을 사전에 습득하고 연습해서 혹시 모를 재난 시에 나와 내 이웃의 생명을 지킬 수 있는 사람들이 되었으면 좋겠다.

# 산사태

해가 바뀌고 계절이 바뀌고 달이 바뀌면 작년, 몇 년 전 그달과 그날을 떠올리는 경우가 많다. 작년 이맘때는 무슨 일이 일어났었지, 몇 년 전 이날은 이런 사건이 있었는데… 하면서 말이다. 10월로 들어서니 재작년 10월 3일, 개천절에 일어났던 일이 생각난다. 부산 사하구 구평동 산사태…

그날도 태풍 '미탁'의 영향으로 며칠째 비가 내리다 모처럼 날씨가 좋은 날이었다. 아침에 이불 속에서 '역시 단군 할아버지가 나라를 세운 날이라 그런지 날씨가 좋네.

하늘이 열린 날이니 날씨가 좋을 수밖에 없지. 간만에 자전거나 타러 나갈까?' 하는 생각을 했었더랬다. 일반 사람들에겐 휴일이었지만 나는 그날 야간근무라 낮에 운동을 좀 하고 오후 6시까지 출근을 해야 했기 때문이다. 아침을 챙겨 먹고서 개천절 기념식은 언제 하나, 하고 TV를 트는 순간이었다. 뭔가 쿵! 하고 내려앉는 소리와 함께 멀리서 진동이 전해져 왔다.

'또 지진인가?

2018년과 2019년에 큰 지진이 몇 차례 있었기 때문에 이런 생각이 먼저 들었다. 아니나 다를까, 30분쯤 지나자 TV 하단에는 큼직한 글자로 '뉴스 속보, 부산 구평동 산사태 발생, 인근 주민 매몰!'이란 자막이 떴다. 같이 TV를 보고 있던 와이프가 불안한 목소리로 물어보았다.

"구평동이면 여기 부근인데… 자기, 가봐야 되는 거 아냐?"

하기야 구평동은 내가 살고 있는 신평동과 붙어있는 동네로, 나도 그쪽에 있는 '동매산'을 등산을 겸해 넘어서 출퇴근하곤 했기 때문에 너무 잘 알고 있는 곳이었다. 혹시 산사태가 난 산이 동매산이 아닐까 추측하고 있는데 아니나 다를까 휴대전화로 우리 119 안전센터에서 비상소집에 응소하라는 연락이 왔다. 몇 시간만 더 늦게 산사태가 발생했더라면 내가 출근하다 저기에 깔렸을 수도 있었겠다는 생각도 잠시, 재빠르게 옷을 챙겨 입고 센터로 갔다. 센터에는 벌써 도착한 동료들이 옷을 먼저 갈아입고 기다리고 있었다. 우리는 모두 소방차에 올라타서 산사태가 난 동매산으로 향했다.

"오면서 봤는데 그 일대가 아주 엉망이야. 산에서 토사가 흘러내려 그 밑에 집들을 덮쳤는데 한 대여섯 명 깔렸나 봐. 지금 출동하면 오늘 날밤 깔지도 몰라."

같이 일하는 동료 소방관이 심각한 표정으로 말했다. 모처럼 좋은 날씨에 자전거 하이킹을 상상했는데 날밤(실종자나 사망자를 찾는 일은 낮부터 시작해서 밤을 새우고 다음날까지 해야 할 수도 있다. 찾을 때까지 해야 하기 때문이다)이라니⋯ 아닌 밤중에 홍두깨라는 표현이 딱 맞을 것 같았다. 하지만 그곳에 깔린 주민들을 생각하면 그건 정말 아무것도 아니었다. 휴일 오전 9시면 채 잠에서 깨지 않은 사람도 있었을 텐데, 느닷없이 산사태가 나면 그게 바로 아닌 밤중에 홍두깨가 아닌가? 현장에 도착해 보니 정말 아무것도 없었다. 그곳은 공장지대로, 몇 채의 가옥이 공장들 사이에 있었는데 산에서 흘러내린 토사에 파묻혀 흔적조차 없이 사라진 것이었다. 처음에는 삽으로 파다가 도저히 안돼서 포클레인을 불러 한쪽에선 파고 반대편에선 우리가 삽으로 파나가는 식으로 작업했다. 그런데 그곳에 쌓인 흙들은 산에서 볼 수 있는 일반적인 흙이 아니고 마치 폐기물 처리장에서 나오는 슬러지 같은 것으로, 악취도 엄청났다. 나중에 알고 보니 그것은 근처에 있는 화력발전소에서 발전용으로 썼던 석탄재였다. 산꼭대기에 예비군 훈련장을 만들기 위해서 그 석탄재로 산 사면을 쌓아 올린 것이었다. 그래서 폭우가 쏟아진 다음날, 물을 잔뜩 머금은 석탄재가 슬러지 상태가 되어 순식간에 와르르 무너질 수밖에 없었던 것이다. 아무리 파도 제거되지 않던 끈적끈적한 슬러지는 포클레인이 와서야 겨우 제거 작업을 진행할 수 있었다. 동료의 말처럼 우리는 거기서 날밤을 깔 수밖에 없었고 24시간 교대근무로 일주일 정도 날밤을 더 새우고서야 사망자 전원의 시신을 찾을 수 있었다(4구의 시신을 찾는 데는 2, 3일 정도밖에 걸리지 않았지만 유가족의 요청으로 시신 1구의 실종된 팔을 찾기 위해 현장의 모든 슬러지들을 다시 뒤집어 가며 찾아야 했다). 매몰된 사람은 주택에 있던 일가족 3명과 식당 가건물에 있던 1명으로, 모두 사망한 상태로 발견됐다.

시신을 찾느라 그 오물 덩어리들을 헤집어 가며 며칠을 고생하고 나서 사건의 전말을 알게 되자 정말 어처구니가 없었다. 정부에서는 이 산사태를 태풍 등에 의한 자연재해라고 했지만 그건 누가 봐도 인재(人災)였다. 예비군 훈련장을 만들기 위해 화력발전을 하고 폐기 처리되어야 할 석탄재로 산을 쌓다니… 그것은 그 밑에 살고 있던 사람들의 안전을 전혀 생각하지 않은 처사였다. 하기야 관계자들이 알고도 그렇게 했을 리는 없지만 결과적으로 대한민국 국민 4명의 생명과 수십억 원의 재산 피해를 낸 인재로 기록될 것이다. (법원은 유족 등이 낸 손해배상 청구소송 1심에서 국가의 책임을 90퍼센트라고 판단하고 원고의 손을 들어주었다.)

이렇듯 산사태를 비롯한 자연재해는 예상치 않게 닥친다. 국가나 지자체, 또는 어떤 안전기관도 모든 국민의 안전을 완벽하게 책임져 줄 수 없다. 관계 공무원들이나 담당자들은 자신들의 업무에 최선을 다하겠지만 어디까지나 모두 사람이 하는 일일 뿐이다. 모든 위험으로부터 100퍼센트 안전하게 상황을 관리할 순 없다. 자신의 안전은 자신이 지켜야 한다는 것이 소방관 생활 20년 동안 내가 내린 결론이다. 119도 마찬가지다. 산사태가 나고 나서 그 밑에 깔린 매몰자를 골든타임 안에 구조해 내기란 거의 불가능하다. 그리고 이런저런 관리상의 부실이 더해지면 그 가능성은 0으로 수렴한다.

가을이 깊어지면 산을 찾는 사람도 많아질 텐데 산사태에 대한 안전수칙을 잘 숙지해서 나 자신과 이웃의 안전을 지키자. 먼저 산사태는 일어나기 전에 징후가 있다. 그 징후가 무엇인지 알아보자.

1. 집 주변이나 산행하고자 하는 산의 산사태 위험 요소를 파악한다.

-산사태가 나기 쉬운 산은 가파른 급경사에 배수가 잘되지 않는다는 특징이 있다. 생각해 보니 내가 출퇴근길로 이용했던 동매산도 개울이나 계곡이 아닌데도 어디선가 졸졸졸 물 흐르는 소리가 들리곤 했다. 이런 산에는 가급적 접근하지 않는 것이 상책이다(지금 생각해 보니 나도 처음에는 산사태가 난 산길로 다녔는데 악취도 나고 어디선가 물 흐르는 소리도 들리고 해서 기분이 꺼림직해 코스를 바꾸었다). 또한 산행

중 산 경사면에 금이 간 곳이 있거나 내려앉은 곳을 발견했다면 서둘러 그 산을 탈출하는 것이 바람직하다. 그리고 바람이 불지 않는데도 나무가 흔들린다거나 산울림 또는 땅울림이 들리는 것도 산사태 징후다.

2. 기상 및 산사태 정보를 확인한다.

-산사태가 나기 쉬운 산 밑에 거주하거나 피치 못할 사정으로 그 산에 가야 한다면 항상 기상 및 산사태 정보를 확인하는 것이 좋다. 산림청에서 운영하는 '산사태 정보시스템' 홈페이지(https://sansatai.forest.go.kr/)를 참고해 기상이 좋지 않거나 산사태 발생 가능성이 높은 날에는 대피하는 것도 좋은 방법이다(장마철이나 태풍이 지나가고 난 후 산에 물기가 완전히 스며들 때 가장 위험하다).

3. 산사태 징후가 보이면 급히 그곳을 탈출한다.

-앞에서 말한 징후가 보이면 재빨리 그곳을 벗어나야 한다. 벗어날 때는 급경사지를 피해 산의 좌우 측면으로 경사가 덜 급한 곳으로 이동해야 한다. 그리고 가급적 높은 곳으로 이동하는 것이 좋다.

일단 이 세 가지 정도로 안전수칙을 간추려 보았다. 찾아보면 더 많겠지만 모두 숙지하긴 힘들 테고 몇 가지라도 기억해서 누구라도 자신과 이웃의 안전을 지킬 수 있기를 기도해 본다.

# 불조심 강조의 달과
# 소방의 날

11월이 되었다. 소방관들이 바빠지는 계절이다. 고참 한 분은 11월이 되면 이런 말을 하곤 했다.

"메뚜기도 한철이라고, 겨울이 되었으니 이제 우리도 뛰어보자!"

그분은 불이 나지 않아서 야간근무를 마치고 아침에 퇴근하게 되면 '밥값 못했다'며 아쉬워하던 천상 소방관이셨다. 그래서 11월이 되면 이제 우리 소방관들도 한철 메뚜기처럼 기를 펴는 때가 되었다며 반기곤 하셨다. 물론 요즘 신입 소방관들이 보면 공감하기 어려운 말일 것이다.

불은 안 나는 게 좋지, 나는 게 뭐가 좋냐고… 하지만 그때는 분위기가 그랬다. 불이 나야 소방관들도 할 일이 있고 그 일을 통해서 제 밥그릇을 찾는다고 생각했기 때문이다. 그래서 일단 11월로 들어서면 '불조심 강조의 달'이라고 해서 거창하게 행사를 했다. 관내에 있는 산이나 전통시장을 찾아가서 플래카드를 펼쳐놓고 사진을 찍었다. 그리고는 산을 오르는 등산객이나 전통시장 상인들을 대상으로 불조심 예방 캠페인을 하고 일일이 불조심 홍보물을 나눠줬다. 소방서 유관기관으로 '의용소방대'라는 조직이 있는데 화재가 나면 소방관들을 도와서 불을 끄고, 평상시에는 이처럼 캠페인이나 홍보활동을 하는 데 도움을 주었다. 그리고 119 불조심 포스터 및 소방차 그림 그리기 대회, 초등학생들을 대상으로 119 소방동요 대회를 시상하는 것도 이때쯤이다. 유치원, 초등학교에 다니는 아이들이 고사리손으로 써준 손편지를 가장 많이 받는 것도 이쯤이다.

11월이 불조심 강조의 달이 된 데에는 11월 9일이 소방의 날이라는 점도 크게 작용했을 것이다. 그날만은 소방관들의 생일이라며 소방본부에서는 일선 119 안전센터들에 특식을 나눠주고 의용소방대원들과 함께 체육활동을 하며

일 년에 하루나마 즐겁게 지내도록 배려를 해주었다. 우리 고참들도 그렇게 소방의 날이 오면 특식을 먹고 하루를 즐긴 덕분에 그해 겨울에 더욱 힘을 내서 불을 끌 수 있었는지도 모른다.

그렇지만 요즘은 11월이 되었다고 해서 별로 달라지는 것은 없다. 명목상 '불조심 강조의 달'이 있기는 하지만 예전 같지 않다. 코로나의 영향인지도 모르겠다. 일단 사람들이 많이 모일 수가 없으니 작년에는 조용히 넘어간 듯하다. 하기야 이제는 겨울철이 되어서 불이 많이 난다거나 소방관이 바빠진다는 말도 옛말이 되어버렸다. 요즘은 봄, 여름, 가을, 겨울 가리지 않고 자연재난이 발생하고 소방관들은 항상 바쁘다. 그래서 겨울이 왔다고, 11월이 되었다고 해서 유난 떨 것 없다는 말이다. 이미 퇴직한 그 고참이 다시 소방서에 온다면 썰렁해져 버린 '불조심 강조의 달' 행사장에서 아쉬워할지도 모르겠다.

그렇게 우리를 둘러싼 소방환경은 달라져 가고 있다. 예전에는 목조 건물이 많아서 겨울철이 되면 불이 많이 났는데 이제는 대부분의 건물이 철근 콘크리트로 지어져서 겨울이라고 불이 그렇게 많이 나지는 않는다. 그리고 소방관들은 불 외에도 폭우나 태풍, 벌집 제거나 산사태와 같은 자연재난과도 싸워야 한다. 특히 지난 쿠팡 물류창고 화재나 울산 미용실 화재는 봄에서 여름으로 넘어가는 6월 말에 있었다. 한마디로 정리할 수는 없겠지만 대충 생각해 보면 소방관의 일은 초봄에는 산불화재, 임야화재(겨울에서 봄으로 넘어가면서 산불 등이 많이 난다), 늦봄에는 창고화재, 상가화재(신축 건물도 생기고 본격적으로 업무가 바빠지는 경향이 있다), 초여름에는 수해, 기습폭우(장마와 더불어 기습폭우가 빈번해진다), 늦여름에는 태풍, 벌집 제거(태풍과 함께 벌집도 무르익는다), 가을이 오면 주택화재, 산사태(아무래도 불의 사용량이 늘어나고 산야는 건조해진다), 겨울에는 공장화재, 고드름 제거(기계가 과부하 걸리고 온도가 급강하한다) 등으로 이어지는 것이다. 이러하다 보니 메뚜기는 한철이라는 말도, 소방관은 겨울에 제일 바쁘다는 말도 이제는 바꾸어야 할 것 같다. 11월도 불조심 강조의 달이라기보다 소방의 달로 바꾸면 어떨까?

여기에다가 일 년 내내 고생하는 구급대원을 보면 마음이 짠하다. 그들은 코로나가 처음 터진 시점부터 시작해서 지금까지 방호복을 벗지 못하고 흔들리는 차 안에서 코로나 환자의 응급처치와 구급대원 폭행이라는 이중고를 겪으며 싸우고 있다.

이처럼 우리를 둘러싼 소방환경은 변해가는데 여전히 소방관의 임무는 불을 끄는 것이라고 생각하는 사람들이 많다. 하지만 소방관의 임무는 점점 다변화되고 있다. 불을 끄는 것은 기본이고, 계절에 따라 일어나는 자연재난에도 늘 대비해야 하고, 수시로 일어나는 교통사고 구조출동, 주택 문 개방 구조출동, 동물 구조출동처럼 구조출동도 계속해서 늘고 있다. 그리고 구급 분야는 더 이상 이야기할 필요도 없이 코로나로 인한 격무의 연속이다. 이렇듯 사계절 밤낮 가리지 않고 불러주는 대로 달려가는 소방관들에게 소방의 달 11월을 맞아서, 11월 9일 소방의 날을 맞아서 그 고참처럼 더욱 힘내자고 파이팅을 외쳐보고 싶다. 전국의 모든 소방관들, 파이팅!

# 어미 닭과
# 병아리

　처음 소방서에 들어오고 6개월간은 내 인생에서 고난의 시기였다. 회식 도중에 집에 가버린 이후, 첫 팀장 눈 밖에 나서 무엇 하나 내 맘대로 할 수가 없었다. 뭐라도 하려고 하면 그걸 왜 하느냐, 그렇게 하면 안 된다, 물어보고 해야지, 하는 잔소리 3종 세트가 고막에 와서 박혔던 것이다. 예를 들면 소방서에서 하는 훈련 중에 '로프 매듭법'이란 것이 있다. 화재, 구조 구급현장에서 긴급한 상황이 오면 휴대용 로프로 매듭을 지어 자신과 요구조자의 안전을 확보하고 신속한 구조를 위해 로프매듭법을 평소에 연습하는 것인데, 소방관들의 훈련 중 꽤 중요한 비중을 차지한다. 내 첫 팀장은 그 로프매듭법에 꽂혀 있었다. 소방관이라면 모름지기 로프매듭법을 능수능란하게 할 수 있어야 한다는 것이었다. 그래서 나에게도 로프매듭법을 강조했었는데, 문제는 제대로 가르쳐 주지도 않으면서 잘하기를 요구한다는 것이었다. 훈련시간에 자신이 대충 시범을 보이고 나서 내가 한번 해보려고 하면 그렇게 하는 게 아니라며 로프를 뺏어가는 식이었다. 그러니 나는 제대로 교육도 못 받고 팀장에게 닦달만 당하는 이도 저도 못 하는 상황이었다.

지금은 소방서에 개인 로프도 많고 무엇보다도 유튜브에서 찾아보면 소방관들의 로프매듭법은 물론, 모든 훈련이 동영상으로 자세히 나와 있다. 그것만 보고 따라 해도 웬만한 훈련은 모두 마스터할 수 있다. 하지만 내가 신입이던 20년 전엔 그렇지 않았다. 연습할 만한 개인 로프도 몇 개 없었고 모든 훈련이 상급자가 하급자에게로 시범을 보여주며 설명하는 도제식으로 진행되었기 때문에 한 번이라도 자신의 선임자에게 밉보이면 어디 가서 배울 수도 없었다. 그랬는데 팀의 리더인 팀장에게 미운털이 박혀버리다니… 그래서인지 누구도 나에게 팀장 앞에서 로프매듭을 제대로 가르쳐 주려 하지 않았다. 정말로 난처한 상황이었다.

하지만 사람으로 인한 문제는 결국 사람으로 풀어야 했다. 나를 눈엣가시처럼 보던 팀장과는 달리 나에게 다가와 자상하게 로프매듭을 알려주는 사람이 있었다. 야간에 대원들 모두가 대기실에 올라가 휴식을 취하고 있는 사이 로프를 가지고 혼자서 끙끙대고 있는 나에게 와서 로프매듭을 빠르고 쉽게 하는 방법을 알려준 사람이 있었던 것이다. 앞에서 언급했던 고 김영식 소방관이었다.

그분은 2012년 공장 화재를 진압하다 건물 붕괴로 인해 순직하셨지만 2000년 나의 햇병아리 소방관 시절을 지켜 주셨던 어미닭과 같은 존재였다. 독수리 같은 팀장의 눈을 피해, 그가 잠든 틈을 타서 로프매듭과 같이 소방서에서 꼭 알아야 할 이것저것을 가르쳐 주셨다. 다행히 그분 덕분에 다음날 독수리 팀장이 "이 봐, 신입! 어제 로프 매듭은 연습했나?"라고 물어볼 때, 나는 자신 있게 "네, 그렇습니다!"를 외치며 멋지게 로프매듭을 완성할 수 있었다.

'이 녀석이 이걸 어떻게 했지?' 하는 표정을 짓고 있던 독수리 팀장의 얼굴이 아직도 기억난다.

　그 외에도 팀장이 그토록 나를 빠꾸(라고 쓰고 재작성이라고 읽는다)시켰던 공문 생산 방법, 화재현장에서 호스 똑바로 굴리는 방법, 지하소화전 뚜껑 여는 방법 등… 그 당시만 해도 소방서에서는 신입들에게 제대로 가르쳐 주지도 않으면서 알아서 잘하라며 던져주는 일들이 많았다. 눈치껏, 요령껏 잘하라는 것 같았는데 자신의 사수가 애살 있게 가르쳐 주지 않으면 깨지면서 배워야 하는 일들이 태반이었다. 그런 의미에서 고 김영식 선배님을 만나게 된 건 내 소방생활에서 행운이었다. 그분이 없었다면 이런저런 일들로 발톱을 드러내는 독수리 팀장에게서 내 여린 몸이 성할 날이 없었을 것이다.

　그분은 비번 날엔 떡집을 운영하시면서도 근무 날에는 소방서 직원 중에서 누구보다도 열심히 움직이셨다. 그리고 모든 직원들이 다 휴식을 취하는 야간 시간에도 나 혼자 있는 사무실에 내려와 뭐 힘든 건 없냐고 물어봐 주셨다. 아마도 낮에 독수리 팀장에게 쉴 새없이 쪼이는 어린 햇병아리가 안쓰러워서였을 것이다. 그러면 난 낮에 있었던 일들에 대해 질문하기도 하고(그때는 24시간 맞교대였다)

그러면 그분은 소방서에서 어려운 일을 쉽게 해결하는 노하우를 전수해 주셨다. 덕분에 난 6개월간의 시보기간을 무사히 마쳤고, 독수리 팀장은 이후 인사이동에서 발톱을 접고 다른 곳으로 훨훨 날아갔다. 그 뒤에 온 팀장님은 다행히도 상식적인 평범한 사람이었기에 나는 정상적인 소방관 생활을 이어갈 수가 있었다.

나의 소방서 멘토이신 그런 분이 화재진압을 하시다가 건물 붕괴로 순직했다는 소식을 들었을 때 내 마음도 같이 무너져 내렸다. 한달음에 장례식장으로 달려가 꺼이꺼이 울음을 토해내었지만 그분을 다시 뵐 수는 없었다. 그때 나는 느꼈다. 하늘은 좋은 사람을 먼저 데려간다는 것을. 왜 그런지는 모르겠지만 정말 그랬다. 독한 사람일수록 오래 산다지 않은가! 영정사진 속에서 웃고 있는 그분은 울고 있는 나의 어깨를 토닥이면서 십여 년 전 그날 밤처럼 내게 말씀하시는 것 같았다.

"괜찮아, 무스야. 이건 아무것도 아니야. 요렇게 하면 돼, 요렇게만~ 이제 한번 해봐! 오, 그래, 잘한다!"

사람과 사람! 나를 힘들게 하는 사람이 있다면 분명 나를 도와주는 사람도 있다. 이 간단한 진리를 나는 소방서 시보 시절에 두 명의 고참 소방관에게서 배울 수 있었다. 그리고 그때 나를 도와주셨던 그분의 응원 속에서 나는 오늘도 어렵다면 어렵고, 힘들다면 힘든 소방서 생활을 다른 소방관 동료들과 함께 부대끼며 이어가고 있다.

# 민원인

소방관의 정신건강에 영향을 끼치는 원인 중 첫째는 생사를 오가는 화재, 구조, 구급현장에서 겪게 되는 몸과 마음의 트라우마, 둘째는 신고자와 민원인의 민원제기 및 불만 표출, 셋째는 상사와 동료 간의 갈등과 불화이다. 여기서는 두 번째 원인인 신고자와 민원인의 민원제기 및 불만 표출에 관해 이야기해 보려고 한다.

2012년 여름쯤으로 기억한다. 부산 북부소방서에서 구급대원으로 근무하고 있을 때의 일이다. 그날도 무척 더운 날이었다. 아침부터 쉴 새 없는 출동으로 몸과 마음이 모두 지쳐버린 늦은 오후였다. '한 30분 후에 야간 교대자가 출근하면 얼른 인수인계를 해주고 퇴근해야지'하고 생각하고 있는 시점이었다. 그런데 그때 출동벨이 울렸다.

에어컨이 있는 사무실을 빠져나가자 소방서 차고의 뜨거운 열기가 훅 끼쳐 올라왔다. 무더운 열기 속에서 하루 종일 도로를 누볐던 구급차의 타이어가 달궈진 아스팔트에 녹았는지 고무 타이어 냄새까지 진동했다. 나와 진 반장은 재빠르게 구급차에 올라 에어컨을 틀고 무전을 들어보았다.

"장소는 L마트 내에 있는 *** 의원, 현재 환자 복통으로 상태가 안 좋아 다른 병원으로 전원 요망!"

"어? 반장님, 병원 간 이송은 우리 구급차로 못 하게 되어 있는 거 아닌가요?"

진 반장이 119 구급차의 병원 간 이송에 관해 나에게 물어보았다. 법률상 병원에서 병원으로의 이송은 119구급차가 할 수 없게 되어 있는 것이 맞다. 119구급차는 당장 도움이 필요한 응급환자를 대상으로 하기 때문에 의료진 등 전문인력이 있는 병원에서 병원으로의 이송은 그 병원 소속의 구급차나 사설 구급차를 이용해 자체적으로 하게 되어 있다.

"뭔가 피치 못할 사정이 있을 수 있으니 일단 가보자!"

난 출동을 망설이는 진 반장을 설득하며 말했다. 우리의 일이 사람의 생명과 직결된 일이기 때문에 모든 일을 법이나 원칙만 가지고 할 수는 없었다. 그때그때 상황에 맞게 융통성 있게 해야 한다. 의원급 병원에서는 구급차가 없을 수도 있고, 또 전문인력이 다른 응급환자를 보느라 그 응급환자의 이송에 참여하지 못할 수도 있는 것이다. 그렇기 때문에 항상 현장에 가서 현장의 상황을 살피고 이송 가부를 판단하는 것이 나의 원칙이었다. 퇴근시간이 가까운 데다 가지 않아도 될 곳을 가게 되었다고 생각했는지 진반장의 얼굴이 약간 찡그려졌지만 어쩔 수 없었다.

출동 지령서를 따라 도착한 곳은 한 대형마트 앞이었다. 그 의원은 마트 건물 6층에 위치하고 있었다. 그런데 거기까지 가기도 전에 난관에 봉착했다. 퇴근시간이 다 되어서인지 마트엔 사람들로 가득 차 있었던 것이다. 주들것(메인 스트레처)을 끌고 사람들로 붐비는 길고 긴 마트 무빙워크를 돌아 6층까지 가려니 시간이 너무 오래 지체될 것 같았다. 그리고 엘리베이터에도 사람들이 꽉꽉 들어차서

1층엔 서지도 않았다. 이대로 계속 기다릴 수는 없었다. 환자가 복통이고 하니 간호사에게 전화를 걸어 가능하다면 데리고 내려오는 게 시간을 아낄 수 있을 것 같아 신고자에게 전화를 걸었다.

"네, 여보세요, 구급대원입니다. 119 신고하셨죠?"

"네에~"

"지금 환자 상태는 어떻습니까?"

"왜 그러시는데요?"

"저희가 6층까지 올라가려니 사람이 너무 많아서 시간이 좀 걸리겠는데 혹시 환자 상태가 괜찮다면 1층까지 데리고 내려오실 수 있으신가요?"

"네? 뭐라구요?"

전화를 받은 한 간호사는 황당하다는 듯이 말을 멈췄다. 뭔가 쎄한 느낌이 들었다.

"환자가 아픈데 1층까지 내려오라구요?"

"걷기가 힘드신가요? 그럼 저희가 올라가죠."

'우리가 현장에 가기도 전에 전화상으로 불만을 표출했다.' 이런 사람들과는 오래 말을 섞어 봐야 좋을 게 없다는 걸 경험으로 알고 있었다. 주들것을 끌고 무빙워크에 서 있는 사람들에게 양해를 구해가며 6층까지 올라갔다. 예상대로 환자의 상태는 그다지 심각하지 않았다. 복통이 있을 뿐, 혼자서 걸을 수 있는 수준이었다. 문제는 의원의 퇴근시간이었다. 의사는 벌써 퇴근한 듯 자리에 없었고 입이 불퉁하게 튀어나온 간호사는 '왜 이제야 왔냐?'는 표정으로 우릴 바라보았다. 자기도 퇴근시간인데 복통이 있는 환자가 와서 배가 아프다며 이것저것 요구를 하니 다른 병원으로 전원을 시켜버리려고 하는데 구급대원은 빨리 오지도 않고 전화를 걸어 1층으로 내려오라고 하니 짜증이 난 것이었다.

나와 진 반장은 별말 없이 환자를 부축했다. 그리고 이송기록부에 사인을 해달라고 하자 그 간호사는 자신의 짜증을 거기다 휘갈겨 써버렸다. 그리고 내가 병원 간 이송은 의료진이 동승해야 한다고 하자 얼굴빛이 달라졌다. 빨리 퇴근해야 하는데 퇴근시간이 더 늦어지는 상황을 맞이한 것이다. 그녀는 의사도 퇴근하고 없고 자신은 의료인이 아니라서 모르겠다고 했다(아마도 간호조무사인 듯했다). 그런 대답을 들으니 난 더욱 황당했지만 복통을 일으킨 환자의 상태가 진짜로 어떤지 정확히 알 수 없었기 때문에 그녀와 시시비비를 따지기보단 일단 이송이 우선이었다. 그래서 이번에는 이왕 왔으니 이송을 하겠지만 앞으로는 병원 간 이송은 의료진이 동승해야 한다고 안내하고 환자를 인근 D대학병원으로 이송했다. 이송하고 나서 센터로 돌아오니 정작 우리의 퇴근시간보다 두 시간이나 지나 있었지만 이런 일은 일상 다반사였기 때문에 교대근무자들에게 인수인계를 하고 퇴근을 했다. 나와 진 반장은 그렇게 힘들고 뜨거운 하루가 끝났다고만 생각했다. 하지만 아니었다.

다음 날 아침, 출근하자마자 센터장님이 우리를 불렀다. 센터장실로 들어가자 대뜸 "너거 어제 무슨 일 있었나?" 하고 물으셨다. 우리는 딱히 생각나는 게 없어 머리만 굴리고 있었는데 "어제 너거가 이송거부 했다매?"라고 하시는 것이다.

"네?"

"그 의원 간호산지 간호조무산지 그 남자친구가 소방본부 홈페이지에다가 민원을 올렸데이, 너거가 이송거부 했다고!"

"네?"

우리는 둘 다 눈이 동그래져서 서로를 쳐다보았다.

"이거 함 봐봐라, 너거가 첨에는 올라오지도 않고 환자를 1층까지 데리고 내려오라고 하고 나중에는 의료진이 없어서 이송을 할 수 없다고 협박까지 했다고 이렇게 안 써 있나! 이걸 보고 시민들이 뭐라고 생각하겠노?"

그는 그렇게 말하며 자기도 답답했는지 센터장실 안에서 담배를 피워 물었다. 우리도 정말 하늘이 무너지는 느낌이었다. 우리는 조금이라도 빨리 환자를 이송하고자 데리고 내려와 줄 수 없냐고 물어보았고 현행 규정대로 병원 간 전원은 의료진이 동승해야 한다고 안내했을 뿐인데… 그리고 의료진이 없더라도 환자의 안위를 생각해서 퇴근 시간까지 넘겨가며 힘들게 이송해 주었건만 이렇게 사람 뒤통수를 치다니…

우리는 당시 상황과 우리가 한 일을 자세히 설명했지만 센터장님은 완강하셨다.

"너거 얘길 들어보면 이해 못할 바도 아니지만 그래도 너거가 전화를 해서 미안하다고 사과하고 이 글 좀 빨리 내려달라고 부탁해라. 본부장님 이하 다들 이 글 때문에 아침에 발칵 뒤집혔데이. 이런 글이 여기에 오래 남아 있으면 얼마나 남사스럽겠노!"

센터장님은 담배를 뻑뻑 피면서 우리를 달래기도 하고 나무라기도 했다. 우리도 개인 대 개인으로 이런 일이 생겼으면 끝까지 시시비비를 가리고 싶었겠지만 소방조직에 몸 담고 있는 처지에서 조직에 누가 될까 봐 그냥 사과하는 게 좋겠다는 결론에 이르렀다. 진 반장과 나는 그 간호조무사에게 전화를 걸어 어제의 이송 도중에 불미스러운 점이 있어서 미안하다고, 더운 날씨에 서로 오해가 생긴 것 같은데 앞으로는 이런 일이 생기지 않도록 할 테니까 글을 좀 내려달라고 부탁했다. 전혀 사과나 부탁은 하고 싶지 않았지만 조직을 생각해서 한 일이었다. 그녀는 알았다고, 자기 남자친구에게 전화해서 글을 내리라고 하겠다며 전화를 끊었다. 그리고 얼마 후 홈페이지에서 그 민원 글은 사라졌고 이렇게 해서 그날의 사건이 일단락되었다.

하지만 그다음이 문제였다. 소방서 본서에서 그 일로 나에게 '불문 경고'라는 징계를 내린 것이다. 정말 황당했다. 난 한시라도 환자를 빨리 이송하려는 마음에서 그랬는데 그것이 징계가 되어 내게 돌아올 줄이야… 그런 일을 겪고 나니 구급대원으로서의 사기가 바닥에 떨어졌다고 할까, 그런 느낌이 들었다. 그래서 구급현장에 가면 환자를 우선시하기보단 민원인과 신고자를 먼저 살피게 된다. 환자의 편에 서서 그 안위를 생각하면서도 법과 규정에 어긋나는 일은 될수록 피하게 된 것이다. 그 사건에서도 병원 간 이송이 규정에 어긋난다는 것을 먼저 생각했더라면 진 반장의 말대로 그 의원엔 가지 않았을 것이고 그럼 이 사달이 날 이유도 없었을 것이다. 처음에 진 반장의 질문을 대수롭지 않게 여기고 가서 이런 사달이 난 것 같아 한동안 진 반장을 보기가 미안했다.

환자의 안위를 우선시할까, 법과 규정을 우선시할까. 신참 구급대원일 때는 당연히 전자가 우선이었지만 고참이 되어 갈수록 후자를 중요시하면서 전자도 지키는 태도를 취하게 되었다. 이것도 하나의 트라우마라면 트라우마일까? 그러다 보니 구급활동이 점점 소극적으로 변해간다고 느끼지 않을 수 없었다. 환자를 무사히 병원까지 이송해야 하지만 그 와중에 민원 때문에 내가 다쳐서도 안 된다고 생각하게 되었기 때문이다. 그러자면 신고자나 환자, 민원인과의 마찰을 최대한 피해야 하기 때문에 응급처치나 기타 제반 활동들에 점점 더 소극적이게 되는 것이다.

지금은 많이 달라져서 그런 일은 없지만 그 당시에 우리 소방조직의 간부들은 구급현장에서 옳고 그름을 따지기보다는 일단 민원을 무마하고 넘어가려는 경향이 강했다. 적어도 일선에서 일하는 구급대원의 편에 서서, 아니, 최소한 중립적으로라도 민원인과의 마찰을 합리적으로 정리하고 중재해 주었더라면 어땠을까. 그럼 최소한 아직도 환자나 민원인들에게 매 맞는 구급대원들은 줄어들지 않았을까?

'라떼'는 이미 지나갔으니 이제 의미가 없다. 몇 년 전 소방조직이 국가직으로 바뀌었다는 경사스러운 소식도 들렸다. 하지만 일선에서 일하는 구급대원들이 느끼는 현재의 소방조직은 어떨까? 지금이라도 현장에서 열심히 더위와 싸우고, 환자의 안위를 위해 악성 민원인과 싸우는 후배 구급대원들에게 부디 그들의 편에 서서 옳은 건 옳다고 해주고, 그른 것은 그르다고 해줄 수 있는 진정 함께하는 소방조직으로 다시 거듭나기를 간절히 바라본다.

그 섬에
가고 싶다

대구의 한 소방서에서
상사의 갑질을 견디다 못해
한 소방관이
소방서 옥상에서 투신하는 일이 벌어졌다.

정현종 시인의 <섬>이라는 시처럼
사람들 사이엔 섬이 있는지도 모른다.
가고 싶지만 걸어서는 갈 수 없는 섬.
아니, 어쩌면 우리 모두가 망망대해에 떠 있는

하나의 작은 섬인지도 모르겠다.


날마다 거센 바람과 거친 파도를 온몸으로 껴안고
바다 위에 떠 있는 작은 섬…
섬은 다른 섬에 닿으려고 하지만
결코 혼자서는 갈 수가 없다.
바다 밑바닥에선 모두가 연결되어 있지만
물 밖에서는
바람과 파도만이 소식을 전해주는 그런 섬…


하지만 파도와 바람이 전해주는 소식들은
모두가 좋은 것만은 아니다.
때로는 백사장을 할퀴고
절벽에 있는 바위를 굴려 깨뜨릴 만큼
아픈 것일 수도 있다.
하지만 작은 섬은 그런 것들을 모두 껴안아 가며
오늘처럼 파도가 잔잔한 날이면 꿈을 꾼다.
언젠가 모두가 서로 평화롭게 소통할 수 있기를.

2장

# 극한
직업

# 소방관의
# 비애

소방관으로 살아가면서 비애를 느낄 때가 가끔 있다. 동료 소방관들이 불을 끄다 순직하거나 다쳤다는 소식을 들을 때다. 매년 되풀이되는 동료 소방관들의 순직 소식은 내 마음을 아프게 하지만 그것보다도 '왜 이런 사건은 계속 일어나고 언제까지 되풀이되어야 하나?' 하는 생각이 들 때가 많다. 2021년 쿠팡 물류센터 화재현장에서 고 김동식 소방경을, 또 울산 상가 화재현장에서 고 노명래 소방사를 아쉽게 보내드린 기억이 생생한데, 오늘 또 소방관 3명의 비보를 들었다. 이번에도 대형 냉동창고 건설현장에서였다.

　고 이형석 소방위, 고 박수동 소방교, 고 조우찬 소방사. 이들은 대한민국의 소방관이자 한 가정의 가장이었고, 결혼을 앞둔 예비신랑이었으며, 또한 갓 소방에 입문한 새내기였다. 한창 꿈을 펼치고 가정을 이루고 가장으로서 역할을 다해야 하는 이들을 사지로 내몬 것은 도대체 무엇이었을까? 비통한 마음을 잠시 접어두고 왜 이런 사건이 계속 되풀이되는지에 대해 생각을 하게 되었다.

　첫 번째, 대형 물류창고. 경기도에 많이 있다는 대형 물류창고는 화재가 자주 일어나기도 할뿐더러 일단 화재가 나면 대형화재로 번져서 많은 인명피해를 낸다. 이번에 화재가 일어난 냉동창고도 연면적이 20만 제곱미터에 이르는 어마어마한 크기였다. 2021년에 화재가 났던 쿠팡 물류센터도 12만 제곱미터가 넘는 규모였다. 게다가 물류창고에는 화재가 나면 불쏘시개가 될 만한 것들이 많다. 쿠팡 물류센터도 콘센트에서 최초 발화했지만 종이박스 등 가연물이 많아 대형화재로 번졌다. 이번 평택 냉동창고에도 산소통과 LPG 가스통 등 화재를 급격하게 연소확대시킬 수 있는 재료들이 많았다고 한다. 거기에다 보온재이면서 가연성 물질인 우레탄 폼 등으로 불이 붙으면서 급격하게 연소가 진행되었던 것이다.

말이 12만, 20만 제곱미터지, 사실 일반인들에게는 상상이 안 되는 크기다. 게다가 눈앞이 온통 검은 연기로 뒤덮인 곳을 30분 정도밖에 되지 않는 용량의 공기호흡기를 메고 들어간다는 것은 곧 제발로 사지(死地)로 들어가는 것이나 다름없다.

인명검색이나 화재진압을 위해 들어가긴 했지만 그렇게 넓은 곳에서 요구조자나 화점을 찾기란 쉽지 않다. 그렇게 헤매다 보면 예기치 않게 건물이 붕괴되거나 장애물이 떨어져 오도 가도 못하는 돌발상황을 만날 수도 있다. 그런 상황에서 공기호흡기의 공기는 30분이 넘어가면 모두 바닥난다. 김동식 소방경의 경우에도 불이 어느 정도 꺼지고 인명검색을 하러 들어갔다가 갑자기 불길이 되살아나면서 선반의 적재물이 무너져 내려 고립된 것으로 알려졌다. 밖으로 탈출할 수 있는 지하 2층 입구를 불과 50미터 남겨둔 지점에서 그의 유해가 발견됐다.

마찬가지로 평택 냉동창고 화재상황도 비슷하다. 인명검색 및 잔화정리를 하러 들어간 구조대원들이 다시 커져

버린 불길과 무너진 구조물에 갇혀 입구를 불과 80미터 남기고 순직했다.

　두 번째, 진입 시점. 두 화재 모두 큰 불길이 잡히고 그에 따라 화재대응 단계도 낮춰진 상태에서 건물 내로 들어간 소방관들이 진화됐던 불길이 갑자기 재확산하며 커져버린 화재에 목숨을 잃었다. 화재도 거의 진화되고 안에서 공사 작업을 하던 작업자들도 다 탈출한 상태에서 무리하게 소방관들을 투입한 이유는 무엇이었을까?

　이 두 가지 공통점에 대한 대비책을 세워 다음에는 똑같은 이유로 소방관이 순직하는 일은 막아야 하지 않겠는가? 대형 물류창고는 일단 불이 나면 끄기도 어렵거니와 인명 피해도 엄청나다. 면적도 워낙 넓은 데다 연소확대될 요소도 많기 때문에 불을 끄기 이전에 불이 안 나게 예방하는 것이 중요하다.

　공사 중인 대형창고는 모든 작업 시 소방관이나 외부의 안전감독자를 지정해서 그 감독자의 승인을 받아 작업을 진행하는 게 좋지 않을까? 평택 냉동창고도 밤 11시 46분에 바닥공사를 진행하다가 공사 인부가 화재를 발견하고 119에 신고했다. 공기를 단축하기 위해 야간작업도 불사

했는데 내부 관계인인 안전감독자가 제대로 안전을 확인했을 리 없다. 공사 관계자가 아닌 소방관이나 제3의 외부인이 현장에 상주하면서 모든 공사의 안전을 확인하고 승인한 후 공사하는 시스템으로 가야 하고, 이를 법제화해서 대형 물류창고 건설 시 화재 발생 비율을 획기적으로 줄여야 한다. 불이 나고 나서 커지는 화재를 막으려고 할 것이 아니라 가능한 한 화재가 나지 않게 하는 예방소방으로 가야 한다는 것이다.

그리고 쿠팡 물류센터처럼 이미 영업 중인 대형 창고의 경우엔 소방시설의 유지 관리를 엄격하게 강화해야 한다. 초기에 화재를 감지해서 비상방송설비(화재가 나면 사이렌 등을 울리고 대피방송을 하는 설비)를 울리고 스프링클러나 옥내소화전등 소방시설을 작동시키는 것이 감지기를 비롯한 자동화재 탐지설비인데, 그렇게 넓은 면적의 물류창고들은 설비가 오작동하는 경우가 많아 꺼놓거나 설사 설비가 울려도 오작동이겠거니 하고 작업을 계속하는 경우가 많다고 한다(쿠팡 물류센터에서 일하던 직원의 증언에 따르면 그렇다는 말이다). 그랬을 경우에 화재가 발생했을 때 초기 소화에 실패하고 신고도 늦어져서 소방차가 현장에 도착하면 뉴스에서 보던 대로 검은 연기가 건물을 온통 감싸 소방관들의 진입도 어렵게 된다. 그러니 그런 대형건물일수록 소방시설을 확실하게 점검하고 활용해서 화재 시 제대로 기능할 수 있도록 해야 한다.

그리고 종사자들의 소방교육도 철저히 해서 소방시설 유지 관리와 초기 진화도 가능하게 해야 한다. 그래야 현장에 있는 사람들이 화재 초기에 소화기로도 화재진압을 할 수 있고, 소방차도 조기에 출동해서 소방관들이 어렵지 않게 건물 내로 진입해서 화점을 찾아내어 불을 끄고 요구조자를 구조할 수 있기 때문이다.

진입 시점에 대해서는 내가 현장에 있지 않았기 때문에 뭐라고 딱 부러지게 얘기할 수는 없다. 화재 막바지에 불길도 거의 꺼진 상태에서 무리하게 구조대원을 투입한 이유는 분명히 있을 것이다. 그곳에 있던 지휘관도 분명 많은 경험을 가진 소방관일 것이기 때문이다. 하지만 이왕이면 조금 더 기다렸다가 대원의 안전이 완전히 확보된 상태에서 구조대원들을 투입했다면 어땠을까? 건물 안에 요구조자도 더 이상 없다고 밝혀진 상황에서 그렇게 서두를 이유는 없었기 때문이다. 그랬다면 2021년의 김동식 소방경과 어제 세 분의 소방관의 목숨은 건질 수 있지 않았을까?

만약이란 건 언제나 의미가 없다. 이미 쏜 화살이고 엎질러진 물이다. 지나간 일들 두고 이러쿵저러쿵해 봐야 아무 의미가 없다는 것은 잘 알고 있다. 하지만 만약이란 건 다음을 위해서는 꼭 필요하다. 다음에는 이렇게 하면 어떨까? 다음에는 저렇게 하면 좋지 않을까? 하는 생각을 거쳐 인류는 발전해 왔다. 개인적인 생각이긴 하지만 20년 소방생활의 경험을 바탕으로 어제와 작년의 문제들에 대해 복기해 보았다. 왜냐하면 나도 소방관이고 저들에게 닥친 비극이 나라고 해서 피해가리란 보장이 없기 때문이다.

여러 소방관들의 생각이 모여 안타까운 소방관의 희생이 줄어들 수 있다면 더할 나위가 없겠다. 소방조직도 몇몇 사람들의 생각이 아닌, 많은 대원들의 자유롭고 건설적인 토론 문화를 통해서 어제의 문제에 대한 해결책을 찾아내고 그 해결책을 기반으로 내일은 더 안전하고 효율적인 선진소방, K-소방으로 나아갔으면 좋겠다.

순직하신 고 이형석 소방위, 고 박수동 소방교, 고 조우찬 소방사의 명복을 빕니다.

# 손가락
# 열상

소방관 자살자의 수는 지난 10년간 순직자의 2배에 이른다. 이렇듯 소방관들의 자살이 되풀이되는 것은 생사를 오가는 화재, 구조, 구급현장에서 맞닥뜨린 몸과 마음의 트라우마, 신고자나 민원인의 민원제기 및 상사, 동료와의 갈등에서 기인하는 바가 크다. 2022년 7월, 국제 소방관의 날에 경기도 과천소방서에서 새내기 소방관이, 한 달 전쯤에는 우리 부산소방본부의 한 직원이 극단적 선택으로 운명을 달리했다. 두 분 다 어떤 연유로 그런 선택을 하게 되었는지는 정확히 알 수 없지만 소방관이라는 직업에서 오는 어려움이 그 선택의 일정 부분을 차지하는 것은 부인할 수 없었기에 일면식도 없는 분이지만 동병상련의 마음으로 나도 부의금을 전달했다. 그리고 앞으로는 그런 일이 점점 더 줄어들기를 바라는 마음으로, 또한 23년간 의 나의 소방 경험이 앞으로 또 있을지 모를 누군가의 선택에 좋은 영향을 끼칠 수 있기를 바라는 마음에서 이 글을 쓴다.

"오월의 꽃같이 아름다운 두 분 소방관님의 명복을 빕니다."

2010년 초봄이었다. 연도를 정확하게 기억하는 것은 그해가 내가 소방서에 들어온 지 딱 10년이 되는 해였기 때문이다. 소방서 10년 차, 어느 정도 현장 경험도 쌓이고 계급도 좀 높아져서 목에 힘을 주고 싶기도 하고, 밑에 후임들도 제법 들어와서 현장에 가게 되면 자신을 쳐다보고 있는 후임들의 눈을 의식하게 되는 때이기도 하다. 그때 내가 딱 그랬던 것 같다.

부산 명지 국제신도시는 지금은 고층 아파트로 둘러싸

여 있지만 그때만 해도 드넓은 대파밭으로, 낙동강 하구에서 대를 이어 살던 사람들이 대파 농사와 어업으로 생계를 이어가던 곳이었다. 그때는 내가 강서소방서에 발령받아 1~2년 정도 내근업무를 하다가 다시 119 안전센터로 내려와서 소방차를 타고 화재진압대원으로 활동하던 때이기도 했다.

"화재출동! 화재출동! 명지동 농막 화재!"

농막이라 함은 농사를 짓는 데 쓰는 괭이나 호미 등 농기구를 보관하거나 때로는 농산물을 보관하는 일종의 창고 구실을 하는 막사를 말한다. 이제 본격적인 농사철이 다가오니까 그런 농막에도 불이 난 모양이었다. 하지만 보통 농막은 농경지 부근에 있는 데다 사람도 거주하지 않기 때문에 인명피해나 재산피해도 미미한 편이라서 우리는 가벼운 마음으로 소방차에 올라탔다. 요즘은 그것도 보통 한 동짜리 컨테이너박스로 되어 있기 때문에 그 정도는 몸풀기로 가볍게 끄고 오면 되겠다는 생각이었다.

현장에 도착해 보니 예상한 대로 한 동짜리 컨테이너박스가 통째로 불타고 있었다. 주위에 사람이나 다른 건물도 없어서 우리는 여유 있게 소방차에서 호스를 연결해 물을 뿌리기 시작했다. 몇 분이 지나고 불이 잦아들고 흰 연기만 모락모락 피어나는 상태가 되었다.

"방수 중지! 이거 저기로 옮기고 이쪽에 방수 좀 해봐!"

불이 웬만큼 꺼지자 팀장님이 농막 안에 쌓여 있던 물건들을 치우고 불씨가 남아 있는 안쪽으로 물을 뿌릴 것을 지시했다. 우리는 일단 호스를 잠그고 농막 안으로 들어가 보았다. 아직 열기는 남아 있었지만 불은 거의 꺼져서 시야가 어느 정도 확보되었다. 안에는 컨테이너박스 공사를 하고 남은 것인지 샌드위치 판넬들이 많이 쌓여 있었다. 그것들 때문에 안쪽에 남은 불씨까지 물이 도달하지 못하고 있었다.

불에 탄 샌드위치 판넬은 좀 뜨거웠지만 그걸 옮기지 않고서는 화재를 완벽하게 진화할 수 없었기에 한 사람씩 그걸 들고 나오기 시작했다. 그런데 하나씩 들고 나왔으면 될 텐데 나는 후임들 보란 듯 몇 개를 한꺼번에 바깥으로 들고 나왔다. 그리고 그걸 땅에 놓는 순간! 뭔가 짜릿한 것이 손가락을 스치는 느낌이 들었다. 장갑을 벗고 보니 왼손 약지 첫마디에서 피가 흘러나오고 있었다. 샌드위치 판넬을 감싼 철판에 손가락이 베인 것이다.

지금은 소방관의 장갑이 방수는 물론 내열 기능까지 갖춘 특수 원단으로 생산되지만, 그때만 해도 일종의 고무장갑에 겉에 적당히 두꺼운 코팅을 해서 만든 것이었다. 그걸 끼고 날카로운 철판을 들었으니 손가락을 베이고 만 것이었다. 난 지혈을 하고 반창고라도 하나 바르면 되겠거니 하고 구급차에 가서 구급대원들에게 응급처치를 해달라고 했지만 구급대원은 출혈이 멈추지 않는다며 병원에 가야겠다고 했다. 그래서 팀장님에게 보고하고 가까운 병원 응급실을 찾았다. 의사는 정밀검사를 해보더니 왼손 약지의 신경과 힘줄, 인대가 손상되었다며 봉합수술을 하고 재활치료까지 해야 한다고 했다. 소방활동에 장애가 되는 샌드위치 판넬 한번 옮겼을 뿐인데 너무나도 참혹한 결과가 아닐 수 없었다. 그날 바로 입원을 하고 봉합수술을 했다. 신경과 힘줄을 잇는 수술이기 때문에 간단한 수술이 아니라고 했다.

　병원에 입원해 있을 때 소식을 듣고 아내와 애들이 왔다. 둘째는 환자복을 입고 누워 있는 날 보더니 한달음에 뛰어와 안기며 눈물을 흘렸다. 붕대로 칭칭 감긴 내 손을 보더니 한 번 더 울었다. 아내도 마음이 안 좋은지 표정이 좋지 않았지만 내 손을 잡으며 그래도 이만하니 다행이라고 힘을 내라고 했다. 첫째도 내 손을 잡고 울먹였다. 아내의 말을 듣고 애들을 보니 내 눈에서도 눈물이 났다. 하지만 가족들의 응원을 받으니 그나마 마음에 위안이 되었다. 수술을 마치고 재활치료도 열심히 했다. 그리고 그로부터 12년이 흘렀다.

이 글을 쓰고 있는 지금도 왼손 약지 첫 번째 마디가 약간 벌벌 떨린다. 여전히 움직이는 데 부자연스럽고 어떤 날은 꼭 내 손가락이 아닌 것 같이 의뭉스러울 때가 있다. 비가 오는 날이면 아직도 저릿하기도 하다. 그때 가까운 병원에서 수술하지 말고 좀 시간이 걸리더라도 전문 병원에 가서 봉합수술을 받았으면 어땠을까 하는 생각이 들 때도 있다. 하지만 10년도 더 지난 시간을 다시 되돌릴 수는 없다. 그나마 완전히 잘리지 않고 그렇게 베이기만 해서 다행이다. 봉합수술을 받고 몇 달에 걸친 파라핀 치료와 물리치료를 거쳐 지금은 그래도 조금 부자연스럽긴 하지만 그래도 없는 것보단 나은(?) 왼손 검지 한 마디를 가지게 되었기 때문이다.

부상 후 공상처리(공무 중 다친 재해사고 처리)를 하고 10년이 더 지났지만, 그 사고로 인해 발생한 치료비 외에 다른 어떤 혜택을 받아본 적은 없다. 소방서에서 손가락 한 마디 베이는 부상은 어디 가서 말하기에도 민망스러운 수준이기 때문이다. 최소한 어디가 부러지거나 심한 화상을 입거나 장애등급 정도는 받아야지 공상이니 부상이니 말이나 꺼낼 수 있는 것이지, 소방활동 중 사망하거나 장애 판정을 받는 사람도 있는데 그깟 손가락 한 마디 베었다고 엄살떠는 것 같기 때문이다. 소방관들에게는 그 정도 부상은 그냥 일상 다반사인 것이다.

하지만 그 부상은 내 마음에도 작지만 큰 트라우마를 남겼다. 아직도 화재현장에서 불에 타고 남은 뭔가를 장갑 낀 손으로 옮길 때는 조심스러워지곤 한다. 될 수 있으면 갈퀴나 다른 도구를 쓰지, 손으로 뭔가를 옮기려고 하지 않는다. 다른 소방관들도 아마 크고 작은 일을 겪으면서 마음속에 몇 가지 트라우마로 남은 사람들이 많을 것이다. 가족들의 응원이나 동료들의 위로로 보통 치유가 되긴 하지만 몇몇은 마음속 깊이 각인된다. 그런 것을 진정으로 치유하려면 서로 간의 대화가 필요하다. 동료들 간, 가족간 그런 일을 서로 나눔으로써 자기도 치유받고 상대방은 그를 이해하게 되는 것이다.

'아, 그래서 저 사람이 그랬구나.'

그렇게 그 사람을 이해하게 되면 그의 행동들을 이해하게 되고, 배려하게 되고, 그러면 다시 그 사람의 트라우마도 치유받게 된다. 그런 대화와 나눔의 선순환을 위해 나도 내 경험과 트라우마를 여기에 풀어놓는다. 이 글이 마중물이 되어 더 많은 소방관의 트라우마가 이해받고 또 치유되어 극단적 선택을 하는 소방관들이 줄어들기를 간절히 바란다.

# 선박
# 화재

　내가 근무하는 부산은 바다를 끼고 있는 항구도시다. 그래서 육지에서는 물론이고 바다에서도, 정확히 말하면 항구에 정박 중인 배에서도 불이 나면 우리 소방관들이 출동해서 화재를 진압한다. 정박 중인 배에서 화재가 나면 소방정이란 배를 타고 나가 불을 끄고, 육상에서도 소방차가 달려와 합세한다.

　그런데 문제는 선박에서 불이 나면 불이 난 곳으로 진입하기가 어렵다는 것이다. 큰 배 위로 올라가기도 어렵거니와 겨우 올라간다 하더라도 불이 난 지점까지 찾아 들어가기가 매우 어렵다. 불이 난 곳까지 소방호스를 들고 들어가 정확하게 물을 뿌려야 불이 꺼지는데, 실제로 현장에 가서 보면 유독가스가 가득 차 있어서 진입 자체가 어렵다. 그래서 먼저 출동한 소방정이 방수포라는 물대포로 선박 외부에서 물을 뿌리고, 소방차를 타고 온 소방대원들은 공기호흡기를 쓰고 한 손에는 소방호스를, 그리고 또 한 손에는 문을 강제로 열 수 있는 파괴기구를 지참하고 허리에는 로프를 두른 후 선박 내로 진입한다.

하지만 배에 올라서도 사방에서 나는 연기 때문에 좌우도 분간하기 어려울 때가 많다. 진입 중 공기호흡기가 실수로 잠깐이라도 벗겨졌다가는 유독가스를 들이마시게 되어 그 결과는 상상하기도 싫은 것이 될 수도 있다. 뿐만 아니라 선박 내부는 복잡한 미로처럼 되어 있어서 파괴기구로 겨우 출입구를 열었다 하더라도 정확한 화점을 찾아 들어가기란 쉽지 않다. 연기 속의 미로, 게다가 30분 정도의 공기만이 충전된 공기호흡기와의 시간 싸움이 소방관들을 기다리고 있다. 제한된 시간 안에 화점을 찾아 방수하고 복잡한 미로 속에서 바닥난 체력과 고갈된 산소를 아껴 써가며 다시 출입구로 나와야 하는데 여전히 남아 있는 연기와 열기가 그마저도 힘들게 만든다(그래서 선박화재 현장에서도 배에 들어간 대원들이 나오면 교대를 위해 배 아래 쪽에서 대원들이 대기하고 있는 모습을 볼 수 있다).

그래서 부산의 소방관들은 선박화재가 났다는 무전이 들려오면 긴장하게 된다. 가급적 작은 불이라서 간단하게 끌 수 있기를 마음속으로 기도하지만 현장은 앞서 설명한 정도 이상의 상태일 때가 많다. 그러면 낮에 난 불이라고 해도 밤샘 작업을 각오해야 할 수도 있다. 교대에 교대를 해가며 30분씩 작업을 하더라도 완전히 불을 끄는 데는 시간이 많이 걸리기 때문이다. 항구에 매인 배는 화재가 다른 곳으로 번질 염려는 없어서 무엇보다도 대원의 안전을 생각하며 화재를 진압한다. 전체적으로는 시간이 좀 걸려도 안전이 가장 중요한 요소다.

화재가 진압되고 다음날 비번 날이 되면 간밤에 불이 났던 바닷가를 다시 찾곤 한다. 그러면 언제 그랬냐는 듯, 바다는 여전히 그 자리에서 아름다운 모습으로 나를 반겨준다. 건강한 바다의 안전을 지키는 부산소방관으로서, 오늘도 파이팅이다.

## 할아버지의
## 지팡이

　소방관은 크게  불을 끄는 화재진압대원, 화재나 교통사고 현장에서 구조하는 구조대원, 환자를 병원에 이송하는 구급대원으로 나뉜다. 물론 내근직이나 상황실 요원처럼 다른 업무를 하는 경우도 있지만 현장직만 놓고 보면 이렇다는 얘기다. 입사할 때부터 자격증을 갖고 특채로 입사하는 경우도 있고, 입사 후에 자격증을 따고 보직이 바뀌는 경우도 있다. 나 역시 소방서에 들어와서 2급 응급구조사 자격증을 땄고, 몇 년간 구급대원으로 일했다. 구급대원으로 일하며 보람되고 뿌듯한 일들도 많았지만 힘든 점도 많앗다. 그중 하나가 바로 구급대원 폭행이다.

　내가 구급대원으로 일할 때만 해도 구급대원이 환자 이송과정에서 폭행을 당했다는 뉴스가 가끔씩 나오곤 했었다. 실제로 구급 현장에 가보면 상당수 환자가 술에 취해 있었고, 그러면 아무래도 구급활동이 위축되는 것은 당연지사였다. 특히나 술집이나 음식점에서 술에 취해 누군가와 다투다 상해를 입은 경우가 많은데, 감정이 격앙된 환자가 자기를 도와주려는 구급대원에게 시비를 걸어 화풀이를 하려는 경향을 보였기 때문이다. 핑계는 여러가지였다. 왜 구급차가 늦게 왔느냐, 응급처치는 왜 안해주느냐, 구급차가 왜 이리 천천히 가느냐… 그러면 응급처치를 하려다가도 멈칫하게 된다. 혹시나 저 사람의 주먹이 날아오지 않을까? 그러면 좁은 구급차 안에서 어디 피할 데도 없고 그렇다고 환자와 맞서 싸울 수는 더욱 없기 때문이다. 그래서 환자를 최대한 자극하지 않으면서 1.5미터 정도 거리를 두고(갑자기 주먹이 날아오더라도 피할 수 있는 거리) 가급적 환자의 머리 쪽에서(머리 위로 주먹질이나 발길질하기는 쉽지 않다) 응급처치를 했던 기억이 난다.

　다행스럽게도 내가 구급대원으로 생활하는 동안에는 이

렇다 할 폭행사건은 없었다. 그런데 한번은 위험할 뻔한 일이 있었다. 백발이 성성한 영감님이 어지럽다고 신고를 해서 현장에 도착해 생체징후를 살펴보니 이상이 있는 곳은 별로 보이지 않았다. 혈압과 맥박, 산소포화도 모두 정상이었다. 수년간 다져진 구급대원의 촉이 발동했다. 약간 취기가 있는 걸로 봐서 어디서 한잔 걸치신 듯한데, 집에 고이 가시기엔 차비도 부족하고 집도 너무 먼 거리였다. 지금도 그런 환자가 많은지 몰라도 내가 근무할 때는 약간의 꾀병(?)을 핑계삼아 구급차를 택시처럼 이용하려던 환자 코스프레 승객이 많았다. 그래서 김해에 있는 무슨 병원으로 이송해 달라는 어르신의 요구도 그렇게 읽혔다. 그렇다고 그냥 되돌아가기엔 '어지럽다'는 말이 맘에 걸렸다. 뇌졸중 환자의 특징인 '어지러움'을 무시할 수가 없는 거였다. 일단 우리는 FAST(뇌졸중 자가진단법)에 따라서 뇌졸중 자가진단을 해보았다.

예상대로 영감님은 정상이었다. 발음도, 시선도, 동작도 모든 부분에서 정상적으로 반응했다. '영감님은 꾀병이시네요. 아무 이상이 없습니다.' 이렇게 말하긴 좀 그래서 우리는 부산소방 소속이기 때문에 김해까지 갈 수 없다는 말씀을 먼저 드렸는데(이송 체계상 관할 시도를 넘는 이송은 규정상 불가하다. 대신 관할 시도를 넘게 되면 그쪽 관할 구급대에 인계해서 연계이송을 한다) 그때 영감님의 표정이 싸해지더니 뭔가가 내 가슴을 훅 파고 들어왔다. 영감님이 가지고 있던 지팡이를 들어 갑자기 내 가슴팍을 찌른 것이었다. 항상 환자와 1.5미터의 거리를 유지한다는 나의 전략은 영감님의 지팡이 공격에 여지없이 무너졌다. 아픈 것은 둘째치고 지나다니는 사람들이 볼까 싶어 얼굴이 화끈거렸다.

"영감님, 영감님!"

옆에 있던 김 반장이 영감님을 잡으려 했지만 영감님은 어지럼증 환자라고는 도저히 믿기지 않는 속도로 어디론가 달아나 버렸다. 난 김 반장에게 그냥 오라고 손짓을 했다. 그냥 오늘 * 밟았다고 생각하는 게 속 편할 것 같았다. 저런 사람을 잡아서 경찰서에 데려가서 사건 조서 작성하느라 비번 날에 여기저기 불려 다닐 걸 생각하니 내 머리가 아플 것 같았다. 그냥 저 영감이 뇌졸중이 아닌 걸 다행으로 여기는 게 나을 성싶었다. 김 반장과 나는 뉘엿뉘엿 지고 있는 저녁놀을 바라보며 센터로 귀소했다. 우리 둘은 서로 아무 말도 없었다. 누굴 도와주러 갔다가 지팡이 공격을 당하고 나니 기운이 쪽 빠졌다. 퇴근시간과 맞물려 차가 막히는 바람에 센터에 도착했을 때는 이미 퇴근시간도 1시간이나 지나 있었다.

"김 반장, 오늘 일은 그냥 잊어버리자."

"네? 그래도 그건 아니죠. 저런 사람들은 감방에 집어넣어서 콩밥을 먹게 해야 합니다."

"아냐, 머리도 허연 저런 영감을 집어넣어 뭐 하겠어? 우리만 피곤하지…"

"…"

그렇게 나의 처음이자 마지막인 구급대원 폭행사건은 잊혀갔다. 가만히 생각해 보면 언론에 나오는 구급대원 폭행사건은 빙산의 일각일 것이다. 많은 구급대원들이 나처럼 이렇게 폭행을 당하고도 그냥 하루 재수 없었다고 생각하고 넘어가고 말 것이다. 그래서일까? 아직도 구급대원 폭행사고 소식은 여전하다.

어쩌면 지난 5년간 변한 것이라곤 하나 없을까? 아니, 내가 구급대원으로 활동하던 시절부터 지금까지 거의 비슷한 내용으로 마무리된다. 구급대원 폭행에 대해 무관용으로 엄정대처할 것이며 가해자는 몇 년의 징역형과 몇천만

원의 벌금에 처해진다는 내용 말이다. 하지만 구급대원 폭행은 지금도 일어나고 있고 가해자가 그런 징역형이나 벌금을 받았다는 뉴스는 아직 한 번도 보지 못했다. 환자 이송과정에서 환자에게 폭행당해 그 후유증으로 사망한 제2, 제3의 강연희 소방관이 나와야 이 사회는, 이 정부는 정신을 차릴 것인가?

그런 비극을 막기 위해서라도, 우리 사회가 소방관과 구급대원에 대한 인식을 새롭게 전환하여 더 이상 약자를 위해 고생하고 있는 구급대원 폭행사건이 일어나지 않기를, 전국을 덮친 팬데믹으로 다시 구급대원이 힘들어질 것 같은 오늘 밤, 간절히 바라본다.

# 산불

   2022년 3월 강릉 옥계와 경북 울진 산불은 2019년 강원도 산불과 닮아 있다. 모두 건조한 기후에서 강한 바람을 타고 연소확대되었고, 최초 발화 원인은 사람의 실화, 혹은 방화인 '인재'라는 것이다. 강릉 옥계의 산불은 60대 방화범이 동네 사람들이 자기를 무시한다고 토치로 불을 놓은 것이 원인이고, 울진 산불은 누군가 차를 타고 지나가면서 버린 담뱃불을 원인으로 추정하고 있다. 그리고 2019년 강원도 산불은 한 도로변의 전선에서 불꽃이 일어나 그것이 강풍을 타고 산불로 확대되었다. 2019년과 마찬가지로 올해도 매우 건조한 날씨가 계속되었다. 이것이 2019년과 2022년 산불의 가장 근본적인 원인이며, 같은 이유로 2019년의 뜨거웠던 여름을 생각하면 이번 여름도 엄청난 폭염이 예상된다. 강원도에서 이맘때 대형 산불이 일어난 것은 한두 번이 아니었다. 강원도 산불은 역대로 5번이나 특별재난지역으로 선포되었는데, 2000년 4월, 강원 동해안/ 2005년 4월, 경북 양양/ 2019년 4월, 강원 동해안/ 2022년 3월, 경북 울진, 강원 삼척/ 2022년 3월, 강원 강릉, 동해 등이다. 그러고 보면 늦겨울에서 초봄에 주로 강원도를 비롯한 동쪽 지역에서 빈발하는 한국의 산불은 대체로 이런 공식을 대입해 볼 수 있겠다.

'한국의 산불=(늦겨울의 건조한 날씨+초봄의 강풍) X 사람의 고의 혹은 실수'

하지만 이렇게 자연요인과 인적요인이 절묘하게 맞아떨어져서 일어난 한국의 산불은 많은 소방관들과 관계 공무원들의 희생과 노고에 의해 진화된다. 물론 그 과정에서 지역민들의 피해도 결코 가볍지 않다. 하지만 그런 노고와 희생, 피해는 해마다 계속 반복되는 것 같아 아쉽다. 내가 부산 강서구에서 소방관 생활을 하던 때에도 부산에서 역대급 산불이 났었다.

내가 그 산불과 만난 건 2011년 3월, 부산 강서구에 있는 '보배산'에서였다. 역시나 누군가가 버리고 간 담배꽁초가 원인으로 추정되는 이 산불은 18만 헥타르의 산림을 모두 태우고 발생 18시간 35분 만에 진화되었다. 그 날, 야간근무를 위해 차를 타고 소방서로 가고 있는데 저 멀리 산에서 흰 연기가 뭉게뭉게 피어오르는 것이 보였다. 언뜻 '산불인가?' 하고 생각했는데 내 예상이 맞았다. 몇 분 후 소방서에 도착해 보니 소방차가 이미 불이 난 보배산으로 출동을 나가고 없었다. 옷을 갈아입고 개인장비를 챙겨서 구급차에 올랐다(불이 나서 소방차가 출동하고 나면 야간에 출근한 직원들은 구급차로 불이 난 곳까지 타고 간다. 그때 구급출동이 걸리면 다른 센터 구급차가 출동한다). 다른 직원들도 삽, 불털개, 쇠스랑 등등 산불진압장비를 챙겨 하나둘씩 구급차에 올랐다.

"일단 산불이 크게 난 것 같으니까 개인장비는 잘 챙겨라. 오늘 안에는 센터로 못 돌아올 것 같다."

마지막에 타신 팀장님이 마치 예언처럼 낮게 읊조리셨는데 그 예언은 정확하게 들어맞았다. 우리는 그로부터 정확하게 3일 후에야 산을 내려왔다. 언론에서는 산불 발생 18시간 만에 꺼졌다고 하지만 그건 큰불을 잡은 시간일 뿐이다. 산불은 완전히 진화되고 나서도 마음을 놓을 수가 없다. 바람이 불면 숨어 있던 잔불이 되살아나 산을 다시 태우기 때문에 산불이 다 꺼지고도 철수를 할 수가 없다. 우리는 3월 초순의 살을 에는 찬바람과 맞서 싸워가면서 소방차에서 3일 밤낮을 지새며 산불과 사투를 벌였다.

3월은 봄인 듯 봄이 아닌 계절이다. 특히나 산에서는 날이 어두워지면 1, 2월 못지않은 차가운 바람이 쉴 새 없이 들이친다. 바람을 타고 산불이 인가로 넘어올 것에 대비해 우리는 산을 빙 둘러 소방차를 산길에 배치하고 방어선을 구축했다. 그리고 산불이 인가로 넘어오지 못하도록 경계 근무를 서면서 화재를 진압했다. 불이 넘어온다 싶으면 그곳으로 소방호스를 끌고 가서 물을 뿌리고 점점 산불을 포위해 가면서 포위망을 좁혀 갔다. 조금의 불씨도 남아 있으면 안 되기 때문에 숨은 불씨까지 찾아내어 진화해 가면서 점점 산꼭대기로 올라갔다. 밥을 먹을 때마다 산을 내려갈 수는 없으니 식사는 순찰차를 통해서 도시락을 공급받았다. 그나마 둘째 날과 셋째 날에 바람이 좀 잦아들어서 겨우 산불을 모두 진압하고 내려올 수 있었다.

산을 내려와서 보니 거지꼴이 따로 없었다. 3일 밤낮 동안 씻지도 못하고 제대로 자지도 못하고 소방차에서 쪽잠을 자다가 불이 내려오면 부랴부랴 호스를 당겨 불을 끄고 (이 과정에서 바람에 날아온 나뭇재에 온몸이 재투성이가 되기도 하고 소방헬기에서 떨어지는 물을 뒤집어쓸 때도 있다. 그래도 그 옷을 계속 입고 작업해야 한다) 다시 조금 쉬다가 산 정상으로 전진하는 작업의 반복이었기 때문이다. 3일 만에 산을 내려온 우리는 모두 같이 소방서 근처에 있는 대중목욕탕으로 향했다. 내 모습을 아는 사람이 볼까 두려울 정도였다. 서로를 보며 "까마귀가 '형님~' 하겠다"며 초등학생들이 할 법한 농담을 던졌다. 뜨거운 탕 안에 몸을 담그고 나니 정말 지상낙원이 따로 없구나 하는 소리가 절로 나왔다. 산에서 불과 바람과 싸우느라 얼었던 뼈 마디마디가 녹는 느낌이었다. 바람과 불을 견딘 3일간의 보상치고는 너무나 소박했지만 우리는 산불을 제압하고 민가를 지켜냈다는 뿌듯함과 함께 목욕을 마치고 가족들이 기다리는 집으로 제각기 퇴근했다(이걸 소방용어로 '목욕탕 퇴근'이라고 한다. 가끔 큰 화재를 끄고 나서 이럴 때가 있다).

지금 생각하면 어떻게 해냈나 싶을 정도로 힘든 보배산 산불 진압이었지만 그래도 저 때는 젊음과 열정이 있어서 힘든 줄 모르고, 추운 줄 모르고 했던 것 같다. 2019년에 이어 이번에도 산불 진압에 고생하신 강원도와 경북 지역 소방관들과 산불 전문 진화대원을 비롯한 관계 공무원 여러분, 그리고 군인들에게 모두 애쓰셨다는 말을 전하고 싶다. 이번 울진과 강릉에서 발생한 산불은 3월 13일, 오늘 내린 비로 모두 꺼졌다. 장장 9일, 213시간에 이르는 진화 시간과 24,940헥타르의 면적을 태운 역대 최대의 산불이 될 것으로 보인다. 아울러 비슷한 시기가 되면 반복되는 산불을 비롯한 여러 자연재해 앞에서, 매년 똑같은 피해를 입는 지역민들을 위해 시기와 상황에 맞는 대비책을 세워서 그 피해를 줄일 수 있도록 하는 것이 모든 위정자들과 공무원들이 할 일이 아닌가 생각해 본다.

# 신속과
안전

　항상 양립할 수 없는 두 개의 키워드가 있다. 초등학교 때 배운 '반대말' 개념을 생각하면 되는데, 높다와 낮다, 빠르다와 느리다, 크다와 작다처럼 반대말은 결코 양립할 수 없다. 이런 의미에서 소방관에게 결코 양립할 수 없는 반대말은 바로 '신속'과 '안전'이다. 소방관의 업무에 있어 '신속하면서 안전하게'라는 말은 도달하기 어려운 높은 산처럼 느껴진다. 소방차를 운전해서 화재현장에 가는 것만 하더라도 쉽지 않기 때문이다. 최대한 신속하게 가려면 여러 교통신호를 위반해야 하고 그러자면 사고 확률이 높아지면서 안전과는 거리가 멀어진다. 그리고 안전하게 가려면 신속이란 요소는 일찌감치 제껴둬야 하는 것이다. 하지만 많은 사람들이 '적어도 소방관이라면' 그렇게 해주길 바란다. 우리의 상관들과 지휘관들이 그렇고, 신고자가 그렇고, 또 언론이 그렇고… 그런 두 개의 모순된 단어에서 소방관들의 진정한 어려움이 기인하는 것인지도 모르겠다.

불이 난 화재현장이나 사람 목숨이 위태로운 구조현장이나 생사의 촌각을 다투는 구급현장에서 우리는 그야말로 '신속하게' 움직여야 한다. 그 현장으로 누구보다도 더 빨리 가야 하고 거기서 일어난 문제를 누구보다도 빨리 해결해야 한다. 그렇지만 그러다가 정작 자신의 안전은 지키지 못할 때가 많다. 더 심각하고 급박한 상황일수록 소방관의 안전은 더더욱 담보되지 못한다. 하지만 우리 사회는 늘 신속하면서도 안전하기를 소방관들에게 요구한다.


2017년쯤이었던 것 같다. 부산에서 가장 불이 많이 나고 사건 사고가 많이 일어난다고 소문난 북부 소방서에서 근무할 때였다. 주로 공장지대로 구성된 북부 소방서 관할

은 부산 사상구와 북구를 합쳐서 부산에서 가장 넓은 데
다, 화학공장과 스티로폼 공장, 폐기물 야적장, 신발 생산
업체 등이 즐비해 하루건너 하루 화재가 난다고 보면 될
정도였다. 게다가 겨울철이면 공장에서 수시로 대형화재
가 발생해서 건물은 모두 불타고 앙상하게 남아 엿가락처
럼 휜 철근 아래에서 불을 끄느라 날밤을 깐 날도 부지기
수였다.

어찌 되었건 그러다 보니 그 시절 우리의 관심사는 당연
한 얘기이겠지만 어떻게 하면 화재현장에 '빨리' 가서 불
을 '빨리' 진압하느냐는 것이었다. 신고를 받고 빨리 출동
하면 아직 연기만 나고 있을 때 진입해서 간단히 진압할
화재도, 어물쩍거리다 보면 불이 완전히 돌아서(건물 전체로
연소확대되어) 다음날이 되어도 완전히 꺼지지 않는 경우가
많았기 때문이다. 어물쩍거린다는 것은 결국 차가 막혀서
화재현장에 빨리 도착하지 못한 것인데, 그래서 소방차를
운전하는 대원은 머릿속에 지도를 넣어 다니며 최단시간
에 도착할 수 있는 최단경로를 연구하곤 했다. 우리 화재
진압 대원들도 어떻게 하면 차 안에서 빨리 소방복으로 갈
아입고 공기호흡기를 메고 화재가 난 화점까지 호스를 빨

리 끌고 갈까를 연구하곤 했다.

그러던 어느 날이었다. 동료들과 식사를 마치고 체력단련 겸해서 탁구를 한판 치고 있던 오후 2시쯤이었다. 내가 막 스카이서브를 넣으려고 공을 허공으로 높이 던져 올렸을 때 비상벨이 울렸다.

"화재출동! 화재출동! ○○화학공장 화재!"

우리는 더 들어볼 여지도 없이 손에 쥐고 있던 탁구채를 집어던지고 아래층 차고로 내려가 소방차에 올라탔다. 오늘은 부디 불이 돌지 않은 상태에서 현장에 도착할 수 있기를 간절히 바라면서 재빠르게 소방복을 입었다. 거대한 소방차가 사거리에서 신호를 받으면서 울리는 사이렌 소리가 고막을 강타했다. 하지만 왕복 8차선 도로에서 양보를 받긴 쉽지 않았다. 빠르게 달리는 차와 충돌이라도 한다면 현장에 가기도 전에 우리의 작업은 거기서 끝나고 마는 것이었기 때문에 최대한 신호를 지킬 수밖에 없었다.

오후 2시, 그 시간이라면 공장에 사람들이 있었을 테니 신고도 빨랐을 것이고 공장 직원들이 초기 진화를 하고 있을 수도 있었다. 아직 불이 완전히 돌지 않았을 가능성이 높았다. 그러면 일단 우리에게 승산이 있는 것이다. 화재

초기라면 빨리 호스를 깔아 화점에 방수를 하기만 하면 불은 쉽사리 꺼질 것이었다. 하지만 마지막 모퉁이를 도는 순간, 나의 이런 기대는 완전히 깨졌다.

눈앞에서 거대한 불길이 작은 공장을 집어삼키고 있었다. 공장 안에 가스통이나 위험물이 있는지 연신 '쾅! 쾅!' 터지는 소리도 났다. 화학공장이라 그런지 불이 나고 몇분 되지 않아 건물 전체로 연소확대된 모양이었다. 그리고 공장 입구 50미터 전부터 양쪽으로 수많은 사람들이 몰려나와 소위 말하는 '불구경'을 하고 있었다. 핸드폰을 꺼내 화재가 난 공장과 우리 소방차를 찍고 있는 사람들도 보였다. 큰불이 난 공장만큼이나 우리를 긴장하게 만드는 광경이었다. 그야말로 '신속'과 '안전'이라는 두 마리 토끼를 한꺼번에 잡아야 하는 상황이었다. 우리는 소방차에서 내리자마자 호스를 전개하기 시작했다. 공장에서 내뿜는 뜨거운 열기 탓에 화점에 다가서기가 쉽지 않았다. 공장 전방 5미터에서 65밀리미터 대량 호스를 멈췄다. 더 이상 들어가면 뜨거운 열기에 화상을 입을 것 같았다.

"방수 개시!"

팀장님이 무전기에 대고 고함을 치셨다. 그 말과 동시에 소방차에서 거대한 물줄기가 소방호스를 타고 뿜어져 나왔다. 나와 팀장님은 뒷다리에다 잔뜩 힘을 주고 버텼다. 65밀리미터 대량 호스의 수압은 상당히 세다. 건장한 성인 남성 2명이 버티기가 힘들 정도다. 자칫 중심을 잃어 소방호스를 놓친다면 강력한 수압으로 날뛰는 관창(호스 앞부분에 물을 쏘거나 잠그게 되어 있는 장치)에 맞아 부상을 당할 수도 있다. 그런데 제일 마지막에서 호스를 잡고 있어야 할 막내가 안 보였다.

"아, 이런⋯."

내 입에서 낮은 탄식이 흘러나왔다. 소방서에 들어온 지이제 6개월밖에 안 된 막내 대원이 멋모르고 작은 45밀리미터 호스를 하나 들고서 혼자서 불이 난 공장 안으로 진입하는 것이 보였기 때문이다. 항상 2인 1조로 행동하라고 귀에 못이 박히도록 일러왔지만 대량 관창은 어차피 나와 팀장님이 잡고 있으니 자신은 혼자 안으로 진입해서 불을 꺼야겠다고 생각한 모양이었다. 하기야 그때 화재진압 대원은 나와 팀장님, 막내까지 딱 3명뿐이었다. 하지만 소방관의 2인 1조 행동원칙은 소방관이라면 누구나 알고 있는 금과옥조였다. 단독으로 행동하면 위험한 순간에 구해

줄 사람이 없기 때문에 소방관이라면 누구나 2인 1조로 진입에서부터 철수까지 함께해야 한다.

하지만 그렇게 기본 중의 기본도 알지 못한 것인지 막내는 당당하게 불 속으로 걸어 들어갔다. 그 불 속에서는 막내의 안전을 장담할 수 없었다. 다시 돌아오라고 고함을 쳐봤자 화재현장의 각종 소음으로 들리지도 않을 터였다. 막내를 따라 들어가 그를 끄집어내 오려는데 막 물이 차오르는 호스가 보였다. 만약 여기서 내가 빠졌다간 팀장님 혼자 대량 호스의 압력을 버틸 수 없을 것이다. 그렇다고 여기 그대로 있자니 막내가 위험할 것이다. 난 선택의 기로에 놓였다. 어쩔 수 없이 대량 관창으로 막내를 겨누었다. 막내에게 엄호 방수(불 속으로 들어가는 대원을 향해 뒤에서 물을 쏘아 열기를 식혀주는 것)를 한다면 적어도 중상은 입지 않을 것이다. 난 대량 관창으로 공장 안으로 물을 쏘면서 7(공장):3(막내)의 비율로 막내를 지원 사격했다. 한참을 그러고 있자 불도 좀 사그러들고 주위의 다른 분대들도 현장에 속속 도착했다. 공장에 불은 완전히 돌았지만 공장 규모가 그리 크지 않았기 때문에 다행히 해가 지기 전에 다른 건물로의 연소확대를 저지하고 화재를 완전히 진화한 후 마무리 작업까지 모두 마칠 수가 있었다.

막내는 화재가 다 진압되고 난 후 마치 자기가 불을 다 끈 것마냥 의기양양했지만 마냥 웃을 수가 없었다. 화재를 진압할 때는 몰랐는데 장갑을 벗고 보니 양손에 모두 화상을 입어 화상전문병원에 입원할 수밖에 없었기 때문이다. 내가 뒤에서 엄호 방수를 하지 않았더라면 손뿐만 아니라 온몸에 전신화상을 입었을 수도 있었다. 마음 같아서는 따끔하게 질책을 하고 싶었지만 병문안 간 병원에서 양손에 붕대를 칭칭 감고 누워 있는 막내를 보니 그전에 내가 입었던 손가락 부상도 생각나고, 차마 입이 떨어지지 않았다.

"뭐 한다고 그리 깊이 들어갔니? 혼자서…"

"사람들 다 쳐다보는데 빨리 끄고 싶어서 그랬습니다. 죄송합니다."

그랬다! 막내 역시 그때 신속과 안전이라는 영원한 두 가지 소방관의 명제 앞에서 선택의 기로에 놓였던 것이다. 사람들은 몰려들어서 사진을 찍고 있는데 빨리 불은 꺼야 할 것 같고, 그러자니 자신의 안전은 생각하지 않고 무작정 45밀리미터 호스를 가지고 들어가 불과 맞닥뜨린 것이다. 항상 2인 1조로 행동하라는 소방관의 강령을 무시하고서 말이다. 조금 더 경험이 쌓였더라면 신속보다는 자신의 안전을 더욱 우선시했을 텐데(불을 아무리 신속하게 꺼도 소방관의 인명피해가 있다면 모든 것이 수포로 돌아간다. 작전 실패인 것이다) 급박한 화재현장에서 그런 것을 판단하기엔 막내는 아직 너무 어렸다. 평소에 그런 우선순위에 대해 먼저 교육을 했어야 하는데 선임으로서 막내 대원이 그런 판단을 하게 했다는 데 나의 책임이 가장 컸음을 인정하지 않을 수 없었다. 그래서 나는 막내에게 앞으로는 그러지 말라고 간단하게 주의를 주고 붕대로 칭칭 감은 막내의 손을 붙잡고 빨리 쾌유하기를 기도하는 수밖에 없었다.

막내의 병문안을 갔다 돌아오는 길에 난 다시 양립하기 어려운 소방관의 두 명제에 대해 생각해 보았다. 신속과 안전, 과연 무엇이 우선일까? 과거에는 신속에 더 많은 비중을 두었다면 최근에는 점점 더 대원의 안전 쪽으로 무게추가 기우는 느낌이다. 경기도의 대형창고 화재와 강원도의 대형산불 현장에서도 소방 대원의 안전은 더욱 중요한 부분으로 다가온다. 경제적 손실과 자연의 훼손이 있더라도 그보다 먼저 소방관의 안전이 우선이기 때문이다. 하지만 실제로 급박한 화재현장에 놓이게 되면 나 역시 어떤 선택을 해야 할지 알 수 없다. 화재가 난 건물 안에 아이가 고립되어 있다든지, 수백 년 가꾸어 놓은 금강송 군락지로 산불이 번져가고 있다는 것을 알게 되면 소방관인 이상, 자신의 안전보다도 그것들을 지키기 위해 자기도 모르게 뛰어들게 되기 때문이다. 다시 생각해도 영원한 소방관의 딜레마가 아닐 수 없다.

결국 사람이 할 수 있는 일에는 한계가 있을 수밖에 없다. 나중에 알고 보니 그 건물 안에 사람이 없었을 수도 있고, 금강송 군락지로 향하던 불길이 풍향의 변화로 인해 다른 방향으로 틀 수도 있는 일이다. 그러면 당시의 우리의 선택과 행동이 아무런 의미가 없어질 수도 있다. 그러기에 그런 선택의 순간이 만약 나에게 온다면 정확한 판단으로 다른 사람의 생명도 살리고 나의 안전도 지키는 그런 현명한 선택을 할 수 있기를, 나는 오늘도 기도하는 마음으로 소방복을 입는다.

# 자살

　며칠 전, 내가 근무하는 부산소방본부에서 또 자살사건
이 일어났다. 소방서에 들어온 지 6개월도 안 된 신입대원
이 자신의 집에서 극단적 선택을 했다. 한 달 전쯤에 일어
난 낙동강 특수구조대 직원에 이어 내가 아는 한 올해 들
어서만 벌써 두 번째다. 물론 전국적으로 본다면 스스로
목숨을 끊은 소방관들이 더 많을 것이다.

　물론 한 달 전에 일어난 소방관 자살 사건과 마찬가지로
이번에도 자살 동기는 정확히 알 수가 없다. 일부 언론에
서는 상관의 갑질이 원인이었다는 쪽으로 보도했지만 정

확한 내용은 상급부서와 관련기관의 감사와 조사가 마무리되고 나서 밝혀질 것이다. 개인적인 문제였는지, 아니면 직장과 관련된 문제였는지는 아마도 본인만이 알고 있을 것이다. 물론 나는 그것이 개인적인 문제였더라도 소방관이라는 직업에서 비롯된 어려움도 일정 부분을 차지하고 있으리라고 생각한다. 그런 의미에서 동료로서 소방관이라는 직업의 어려움을 견디지 못하고 극단적 선택을 한 동료 소방관분들의 명복을 빈다.

왜 이렇게 많은 소방관들이 자살을 하고, 그 수는 날이 갈수록 더욱 늘어나는가 하는 데까지 생각이 미치니 그 원인을 찾아보게 됐다. 아마 화재, 구조, 구급 현장에서 끔찍한 사건을 목격한 후 PTSD(Post-traumatic stress disorder, 외상후 스트레스 장애)로 남아 일상생활에 영향을 끼치는 것이 결국 자살에 이르게 만든 가장 큰 원인이 아닐까 생각된다.

두 번째로는 상사의 갑질이나 동료 간의 불화다. 내가 처음 소방서에 들어왔을 때만 해도 소방서의 근무체계는 24시간 2교대 근무였다. 24시간 당번근무를 하고 집으로 퇴근해서 24시간 비번으로 가정생활을 하고 다시 24시간

당번근무를 서는, 그야말로 다람쥐 쳇바퀴처럼 도는 2교
대 근무를 벗어날 수가 없었다. 거기다 당번근무 시에는
화재출동, 구조출동, 구급출동을 나가야 했다. 힘든 출동을
하고 돌아와서 쉴 시간이라도 있으면 좋은데 웬만해선 쉬
는 시간도 좀처럼 주어지지 않았다. 센터로 복귀해서는 공
문을 생산하고, 보고서를 만들고, 일지를 작성하고, 차량과
각종 장비들을 점검·보수하고 청사 내외 청소까지 해야
했기 때문이다.

그런데 이런 상황에서 같이 근무하는 상관이나 동료와
사이가 좋지 않아 24시간 내내 부딪힌다면? 정말 죽고 싶
은 마음이 굴뚝 같을 것이다. 물론 소방서 생활을 그만두
고 다른 직장으로 옮기거나 퇴사를 하면 되지 않냐고 생
각할 수 있는데, 24시간 동안 잠도 제대로 못 자고, 거기다
외상후 스트레스 장애로 우울증까지 앓고 있다면 정상적
인 판단을 하기도 어려워진다. 그야말로 진짜로 '극단적'
선택을 할 가능성이 높아지는 것이다. 물론 요즘은 근무체
계가 바뀌어 24시간 당번 근무를 한 후, 48시간의 비번이
주어진다. 하지만 근본적인 원인은 바뀌지 않으니 이런 자
살 사고가 줄어들지 않는 게 아닐까?

내가 처음 소방서에 들어왔을 때도 24시간 2교대 근무 체계가 나와 맞지는 않았다. 아침 9시에 출근해서 저녁 6시에 들어오는, 근 10년 동안 지켜온 평범한 일상의 사이클이 완전히 깨지고 아침 9시에 출근해서 하룻밤을 온전히 소방서에서 직원들과 함께 보낸 뒤 다음날 아침 9시에 퇴근하는 새로운 사이클에 금방 적응하기가 어려웠다. 또한 어찌 보면 가족들보다 더 많은 시간을 같이 보낼 수밖에 없는 고참 직원들 사이에서 막내 직원인 내가 눈치를 보지 않을 수는 없었다. 될 수 있으면 그들 눈에 벗어나지 않으려 부단히 노력했고, 특히나 화재현장에 가면 더욱 긴장이 되었다. 내가 무엇인가를 실수해서 화재, 구조, 구급 작업에 방해가 되지 않을까 노심초사했던 것 같다. 하지만 누구나 그렇듯이 그런 초임 시절을 기억하는 선배나 고참들은 항상 있었고, 대부분 그런 나를 도와주고 가르쳐 주려고 했다. 그런 선배들 덕분에 나는 막내 시절을 그래도 용케 버텨낼 수 있었다.

그렇지만 모두가 그런 것은 아니다. 그때도 나이와 계급을 이용해 후배에게 갑질을 하려는 일부 고참들이 존재했다! 아이러니하게도 이번 사건과 마찬가지로 그 고참은 내가 소방서에 들어와 처음으로 모신 우리 팀의 팀장이었다. 그는 당시 우리 팀에서 나이와 계급이 가장 높은 사람이 기도 했다. 그리고 어이없게도 팀장의 미움을 산 시발점은 화재현장이나 구급현장이 아닌 팀 회식 자리에서였다.

20여 년 전, 24시간 2교대 근무만큼이나 좀처럼 적응할 수 없는 것이 있었는데 그것은 바로 소방관들의 회식 문화였다. 회식 당일이 되면 24시간 당번 근무를 하고 아침에 퇴근한 소방관들은 곧바로 인근의 산을 찾아 등산을 시작했는데, 목적지는 산 정상이 아니라 산 중턱쯤에 있는 오리고기 집이었다. 멋진 족구장이 딸린 그 오리집에서 반주를 겸해 점심을 먹고 날이 어두워질 때까지 족구를 했다. 그리고 날이 어두워지면 산을 내려와 시내에서 또 저녁 겸해서 밤새 술을 먹다가 다음날 새벽에 바로 소방서로 출근하는 것이 당시 우리의 일상적인 회식 문화였다. 요즘은 이런 모습은 사라지고 119(저녁 6시에 시작해 1자리에서 1가지 술로 저녁 9시까지) 회식이 정착되었다. 거기다 막내로 들어온 신입 직원이 회식비를 부담하는 것이 관례라고 해서 아직 제대로 월급도 받지 못했던 내가 당시엔 거금이었던 50만 원을 회식비로 내야만 했다. 결코 기분이 좋을 수는 없었지만 그렇다고 그런 감정을 대놓고 드러낼 수도 없었다. 다들 어쩌면 그렇게 하나같이 술고래들인데다 체력도 좋은지, 24시간 당번 근무에 24시간 회식에, 다시 24시간 당번 근무에 들어가야 하는 상황인데도 누구 하나 불평하는 이가 없었다. 왜 아무도 불평하지 않는지는 나중에서야 알게 되었다. 그 모든 배후에는 팀장이 있었다. 내가 처음으로 만난 그 팀장은 다른 것은 다 용서해도 회식 중에 누군가가 빠지는 것은 용서하지 못하는 사람이었던 것이다.

그것도 모르고 그날 내가 팀장에게 저녁 10시쯤에 집에 가겠다고 말했다. 술도 경상도 말로 '이빠이' 취한 상태였다. 너무 피곤해서 집에 가서 좀 자고 와야겠다고 말했다. 이제 막 들어온 막내가 너무 피곤한가 보구나 하면서 그냥 보내주리라 생각했다. 하지만 팀장은 내 눈을 똑바로 쳐다보면서 말했다.

"진짜로 갈려구?"

술에 취한 와중에도 이 사람이 나를 싫어한다는 사실을 직감적으로 알 수 있었다. 하지만 난 너무 피곤했다. 24시간 근무에다 다시 24시간 회식이라니, 이건 사람이 할 짓이 아니란 생각이 머릿속을 짓눌렀다. 그 순간에는 팀장이

날 좋아하든 싫어하든 내 알 바 아니란 생각이었다. 아마 '이빠이' 취한 술 때문이었으리라. 인사를 꾸벅 하고 어처구니 없다는 표정으로 서 있는 팀장과 팀원들을 외면하고 돌아섰다. 뒷통수가 좀 따갑긴 했지만 내일 일은 내일 걱정하기로 했다. 하지만 그때 벌써 팀장에게 '찍혀'버렸다는 사실은 미처 알지 못했다.

다음 날 집에서 자고 나고 소방서로 출근하니 팀장의 태도가 싸늘해져 있었다. 다른 팀원들과의 거리도 서먹해졌음을 느낄 수가 있었다. 팀장은 나에게 어제 먼저 간 것으로 별말 하지 않았지만 별것 아닌 일로 잔소리하는 날이 많아지기 시작했다.

예를 들면 당시에는 소방차 제일 위에 소방호스를 싣게 되어 있었는데, 장마철에는 비가 오면 위에 실린 호스가 젖을까 봐 비닐 천막 같은 것으로 호스를 덮어두었다. 그걸 '갑빠 친다'고 했는데, 비가 오려고 하면 막내인 내가 미리 손을 봐두어야 했다. 그런데 하늘에 구름이 조금만 끼어 있어도 팀장은 왜 갑빠를 안쳤냐며 나에게 잔소리를 했다. 그래서 그다음엔 날씨가 좀 흐리다 싶으면 갑빠를 쳐놓았는데, 그러면 비도 안 오는데 왜 갑빠를 쳤냐며 또 잔소리를 하는 것이다. 정말 어느 장단에 춤을 춰야 할지 모르는 상황이었다. 사무실에서 업무를 보고 있다가 팀장이 사무실로 걸어오는 발자국 소리만 들려도 갑빠를 쳐야 할지 걷어야 할지 노이로제에 걸릴 지경이었다(현장에서 끔찍한 것을 보는 것도 PTSD지만 이렇게 사람으로 인한 PTSD는 오히려 정신건강을 더 심각하게 위협하는 것 같다).

하나의 예만 들었지만 이렇게 별것 아닌 일로도 사람을 스트레스 받게 하니 다른 것들은 말할 필요도 없을 정도였다. 하지만 불행 중 다행으로 그 팀장은 6개월 후 인사이동으로 다른 곳으로 가고 다른 팀장이 오면서 그의 괴롭힘도 끝이 났다. 그 팀장과 6개월만 더 있었어도 나도 아마 소방서를 그만두었을지도 모른다. 이렇게 소방서 팀장이라는 사람이 무소불위의 권력을 가질 수 있었던 것은 당시 소방서 자체의 폐쇄성에서 기인했을 것이다. 20년 전에는 소방서에 출동이 없을 때면 차고의 셔터를 내려놓았는데, 그러면 외부 사람은 그 안에서 무슨 일이 벌어지는지도 알수 없을 정도로 폐쇄적이었다. 그래서 많아야 10명 안쪽인 팀원들을 자기가 장악할 수 있으면 그 안에서는 자신이 모든 것을 좌지우지 할 수 있다는 그릇된 믿음을 가진 팀장들이 종종 있었던 것이다. 거기다가 새로 들어온 신참내기 직원은 더없이 쉬운 먹잇감이었으리라. 그래서 만약 어떤 직원이 마음에 안 들면 여러 방법을 동원해서 괴롭히고 나중에는 스스로 옷을 벗고 나가게 만드는 악질 팀장들도 있다는 것을 소방서 짬밥이 차면서 어렴풋이 알게 되었다.

하지만 그런 부류는 극소수이고, 대부분의 팀장이나 고참 선배들은 나의 소방 생활에 무엇이든 가르쳐 주고 도움을 주려고 하였다. 20여 년의 시간이 흐르면서 그런 악질적인 팀장이나 고참들은 모두 물갈이가 되고 지금은 그런 사람을 찾아볼 수도 없다고 생각했는데, 이번 사건을 언론에서 보도한 바에 따르면 20여 년 전의 악습을 아직도 되풀이하고 있다는 말이니 정말로 기가 찰 노릇이다.

내가 그 팀장을 마지막으로 본 것은 그로부터 5년쯤 지난 뒤 어느 LPG 충전소에서였다. 차에 가스 충전을 하러 들어간 그곳에서 어딘지 귀에 익은 악다구니가 들려왔다.

"야이, 이 새끼야! 이걸 이렇게 주면 어쩌란 말이야!"

귀에 익은 목소리에 나도 모르게 고개를 돌렸을 때, 허연 백발의 그 팀장을 다시 볼 수 있었다. 그는 택시 운전석에 앉아 기사 복장을 하고 충전소 직원에게 소리를 지르고 있었다. 그 당시만 하더라도 소방관으로 정년퇴직하고 나면 택시면허를 주는 제도가 있었다.

'저 인간, 아직도 저렇게 살고 있구나.'

난 충전을 마친 후 창문을 내리지 않고 조용히 그 자리를 빠져나왔다. 결코 아는 체를 하거나 인사를 하고 싶지 않았다. 그가 퇴직 때까지 그토록 소원하던 진급을 해보지 못하고 퇴직했다는 말을 들은 지 얼마 되지 않은 시점이었다. 스쳐 지나간 악연은 한 번으로 족한 것, 그가 내 인생의 작은 한 부분에라도 발을 들이지 않았으면 하는 것이 내 솔직한 감정이었다.

이번 신임 소방관 자살 사건이 나의 신입 시절 팀장과 같은 케이스였는지, 아니면 단순히 개인적인 문제에서 비롯된 것이었는지는 속단할 수 없다. 하지만 그 직원이 적어도 나와 같은 어려움을 겪고 그런 선택을 하지 않았기를 간절히 바란다. 만약 그렇다면 근 20년 동안의 소방 조직의 뼈를 깎는 자정 노력이 모두 수포로 돌아갔다는 명백한 증거가 되기 때문이다. 그리고 착했던 누군가의 아들, 순진했던 우리의 후배를 지켜주지 못한 못난 선배로 영원히 남게 될까 두렵기 때문이다.

# 반지하에 사는 사람들을 구하려면 에어컨을 끄자

어제와 그제, 서울을 비롯한 중부지방에서는 무려 100여 년 만의 집중호우로 그야말로 물난리를 겪었다. 그중에서도 가장 안타까웠던 사고는 반지하에 거주하던 가족의 사망 사고였다. 두 자매와 초등학생 딸이 미처 대피하지 못하고 그 물난리에 소중한 생명을 잃었다.

재난은 가장 낮은 곳의 가장 가난한 사람부터 덮쳤다. 세 모녀와 할머니가 함께 지내던 가족이었는데, 병원에 입원 중이던 할머니는 재앙을 피할 수 있었지만 나머지 세 모녀는 한 명의 발달장애 여성이 있어서인지 대피가 늦을 수밖에 없었다. 물론 빗물이 차오르면서 출입문이 열리지 않자 119에 전화를 했지만 신고 폭주로 전화가 연결되지 않았다. 100여 년 만의 집중호우 같은 상황에서는 119 신고 자체가 어렵다고 봐야 한다. 다른 곳에서도 수없이 많은 구조 신고가 들어오기 때문이다. 설사 신고가 된다 하더라도 그 지역의 모든 소방관들은 다른 현장에서 구조작업을 하고 있기 때문에 몇 시간씩 기다려야 할 수도 있다. 그래서 불과 몇 분 안에 생사가 갈리는 골든타임을 놓칠 수 있다(상황실에서 신고의 위급성을 따져 위급한 순서대로 소방차를 현장에 보내자는 논의는 현장을 가보지 못한 상태에서 우선순위를 정한다는 것이기 때문에 말이 안 된다).

이번 사건으로 반지하 방에 물이 차오를 때의 탈출 방법을 생각해 봤지만 일단 머리에 떠오르는 것은 별로 없었다. 당장 생각나는 것이 현관문을 노루발로 고정해 놓는 것 정도다. 자신이 사는 곳이 반지하라면 비가 많이 오겠다는 예보를 듣거나 당장 주룩주룩 빗소리가 들리면 한 사람이 나갈 수 있을 만큼만 현관문을 열어놓고 노루발로 고정을 시켜 두자. 비가 많이 와서 물이 들어차면 현관문을 여는 것 자체가 어려워지기 때문에 비상시에 탈출도 용이

하고, 물이 얼마나 들어왔는지도 알 수 있다. 집 안으로 들어온 물이 무릎 높이가 되기 전에 탈출해야 한다.

하지만 딱 거기까지다. 더 이상의 대피 방법을 생각할 수가 없다. 바깥에서 보면 길과 같은 높이에 난 조그만 창문을 열고 탈출하는 방법도 생각해 볼 수는 있겠지만 방범창이라서 창살이 있는 데다 안에서 보면 천장 높이의 창으로 장애인을 데리고 탈출하기란 거의 불가능에 가까웠을 것이다. 더구나 이웃주민의 말을 들어보면 거의 10~20분만에 물이 들어찼다고 하는데, 골든타임 동안 현관문도 열리지 않고 물은 점점 차오르는데 어찌할 바를 몰라 전화기만 붙들고 있었을 세 사람을 생각하니 정말 안타까운 마음이 들었다.

그럼 어떻게 할까? 뉴스에 나오는 대로 정치인과 공직자를 믿고 기다려야 하나? 아니면 119나 경찰을? 물론 그분들도 자기 자리에서 최선을 다할 것이다. 하지만 누차 얘기하지만 그들만 믿고 있을 수는 없다. 그들도 이런 천재지변 앞에선 어쩔 수 없는 인간일 뿐이라는 것을 며칠간의 뉴스를 보며 알지 않았나?

그렇다. 결국 자기 자리에서 자기가 할 수 있는 것을 해야 한다! 미리미리 탈출 요령을 숙지하고 재난에 대비해서 살길을 마련해 놓아야 한다. 자연재해에서 예방보다 더 나은 대책은 없으니까. 집중호우나 태풍, 산사태와 같은 자연재난이 닥치면 자기가 거주하고 생활하는 곳의 안전을 둘러보고, 부실한 곳이 있다면 대책을 세우고, 혼자 할 수 없다면 공무원과 공공기관에 협조를 요청해야 한다. 그리고 어떻게 하면 가장 안전하게 대피할 수 있을까를 고민해야 한다.

하지만 요즘의 재해, 재난은 혼자서 이렇게 대책을 세운다고 해서 완전히 막을 수 있는 것이 아니다. 전(全) 지구적인 재난이기 때문이다. 브라질에서의 나비의 날갯짓이 미국 텍사스에 토네이도를 일으킬 수도 있다고 하지 않던가? 굳이 인터넷이 아니더라도 지구는 하나로 연결되어 상호작용하고 있다. 지금도 시시각각 날씨와 온도, 바람과 물이 순환하며 서로 소통하고 있다. 가장 큰 문제는 인간의 탐욕으로 말미암은 지구 온난화로 인한 이상기후로 세계 어디서나 재난과 재해가 끊이지 않게 되었다는 것이다.

몇 달 전에는 지구 전체가 뜨거워져 전 세계 곳곳에서 산불이 일어나 며칠에서 몇 달 동안이나 지속되었다. 이제 그게 지나갔나 싶으니 또 곳곳이 폭우와 가뭄으로 신음하고 있다. 하늘은 비를 내리는데도 왜 이렇게 불공평하냐고 탄식하지 말자. 이 또한 인간이 뿌린 것을 인간이 거두는 자업자득일 뿐이다. 하늘은 어찌 보면 생각보다 공평하다.

이번 여름, 지구 온난화로 인해 잔뜩 뜨거워진 태평양에서는 고기압이 뜨거운 공기를 몰고 올라오다가 북쪽의 차고 건조한 저기압과 만나 정체전선을 형성하고(이것이 바로 장마전선이다. 장마 기간 중에는 이 정체전선이 한반도를 오르락내리락하면서 계속 비를 뿌려댄다), 좁고 좌우로 긴 이 정체전선이 수도권을 비롯한 중부지방에 걸치면서 집중호우를 뿌렸다. 북쪽의 차고 건조한 공기도 북극의 얼음과 눈이 녹으면서 생긴 것이니 결국은 지구 온난화가 이번 폭우를 비롯한 이상기후의 주범이라고 할 수 있겠다.

자, 그러면 어떻게 해야 할까? 지구 온난화를 막기 위한 방법에는 여러 가지가 있겠지만 그중에서 가장 확실하고 또 효율적인 방법은 바로 에어컨을 끄는 것이다. 에어컨을 틀어놓으면 실내는 시원하지만 실외기는 뜨거운 바람을 쉴 새 없이 뿜어낸다. 모든 집에서 이렇게 뜨거운 바람을 내보내는데 지구가 뜨거워지지 않을 수가 없을 것이다.

거기다 에어컨이 선풍기보다 전력을 얼마나 더 많이 소비하는지는 모두가 알 것이다. 그 전력을 생산하기 위해서는 화석연료를 태워야 한다. 인간들이 시원하자고 지구를 두 번 죽이는 꼴이다.

그 옛날 내가 어릴 때도 무더위는 있었다. 내 기억으로 초등학교 4, 5학년 때쯤 38도에서 40도까지 오르내릴 정도로 무더위가 심했던 적이 있었다. 우리 동네에서 에어컨이 있는 집은 거의 없었던 것 같다. 그저 집에 딸랑 한 대 있는 선풍기로 네 식구가 그 무더위를 견뎌냈다. 선풍기로도 안 되면 집 앞 수돗가에서 찬물로 등목도 하고 수박도 깨 먹고 팥빙수도 만들어 먹었다. 저녁엔 모깃불을 피우고 옥상이나 집 앞 길바닥에서 자기도 했다. 그래도 집 안보다 밖이 시원하게 느껴졌고, 그러다 보면 더위는 여름 방학과 함께 꼬리를 감추었다. 그런데 요즘은 그럴 수가 없다. 모두가 아파트 생활을 하다 보니 집 밖에서 잔다는 것은 캠핑 아니면 상상도 할 수 없게 되었고, 무엇보다도 집 밖이 집 안보다 더 덥기 때문이다. 에어컨 실외기가 뿜어내는 열기와 자동차에서 나오는 열기로 인해 바깥의 기온이 저녁에도 잠을 잘 수 있을 만큼 떨어지지 않는다. 자동차도 지구 온난화에 한몫하는 것은 말할 것도 없다. 자동차야말로 움직이는 화석연료 발전소가 아닌가? 그리고 차체가 금속으로 되어 있으니 낮에 축적한 열을 밤에 발산하는 효과는 대단히 클 것이다. 우리나라만 해도 그런 자동차가 하루에 수백만 대니 지구가 뜨거워지지 않을 수가 없을 것이다. 거기다 자동차 내부의 열을 낮추기 위해 에어컨을 켜고, 그 에어컨을 돌리기 위해 전기와 화석연료를 또 태운다.

결국은 열의 악순환이다.


지구의 여름이 점점 더워진다. → 더위를 피하기 위해 에어컨을 켠다. → 전기와 화석연료를 쓴다. → 바다는 더 뜨거워지고 북극의 빙하가 녹는다. → 남쪽 바다의 뜨거운 공기와 북쪽 빙하가 녹으면서 생긴 차가운 공기가 한반도에서 만나 정체전선이 형성된다. → 한반도에 정체전선이 오르내리며 폭우와 집중호우가 빈발한다. → 폭우와 집중호우로 반지하의 가난한 사람부터 희생된다. → 하지만 시간이 지나면 언제 그랬냐는 듯, 또 에어컨을 틀고 전기와 화석연료를 쓴다. → 지구의 여름이 점점 더 더워진다. →

무한반복….

　이러한 악순환을 끊기 위해선 이 도미노 같은 악순환의 고리에서 하나를 빼내야 한다. 그래서 다음 도미노가 쓰러지지 않게 해야 한다. 우리가 빼낼 수 있는 고리는 바로 에어컨을 끄는 것이다. 자동차는 운행하지 않을 수 없고 공장도 돌리지 않을 수 없고 전기도 생산하지 않을 수 없지만 에어컨이라면? 그다지 더운 날씨가 아니고 집에 혼자 있는 상황이라면? 선풍기 정도로 충분히 시원하다면? 에어컨을 잠시 꺼두어도 좋지 않을까? 선풍기를 틀고 에어컨을 끄자. 그리고 창문을 열어 자연에서 들어오는 신선한 바람을 맞아보자. 그래도 덥다면 우리의 어머니, 아버지들이 했던 것처럼 냉장고를 열어서 시원한 수박을 꺼내 '서걱' 하고 잘라보자. 아이들이 모여들고 가족의 웃음이 번질지도 모른다. 지구를 살리는 일이라면, 지구를 시원하게 할 수 있는 일이라면 조금 더워도 해볼 만한 일이지 않은가? 그리고 자고로 여름은 더워야 제맛이다. 거기다 혹시라도 반지하에 사는 그 누군가를 살릴 수 있는 일이라면?…

# 벌집
# 제거

장마철도 끝나고 점점 날씨가 뜨거워져 가고 있다. 이런 폭염에 빠질 수 없는 것이 있으니, 바로 말벌집 제거 신고다. 바로 요즘이 어른 주먹만 하던 말벌집이 어른 머리만큼 커지는 시기다. 9~10월이 되면 가끔 축구공, 농구공보다 더 큰 벌집도 만나게 된다. 더운 날씨에 벌들이 왱왱거리기 시작하고 집 주변을 살펴보면 지붕 처마나 아파트 베란다 위, 창문틀 등에 둥그렇고 누런 벌집이 눈에 띈다. 119 대원들의 일거리가 또 하나 늘어나는 것이다. 벌집 제거는 7~9월 사이에 1년 동안 출동 건수의 80퍼센트 이상이 집중되고, 지구 온난화에 따라 해마다 그 건수가 증가하고 있다(높아진 기온 탓에 꽃들의 개화 시기가 빨라짐에 따라 벌의 활동 시기도 빨라지고 번식이 왕성해진다고 한다).

꿀벌은 요즘 신고가 들어와도 출동하지 않는다. 알버트 아인슈타인의 말처럼 '꿀벌이 사라지면 인류도 4년 내에 사라질지' 모르기 때문에 그런 신고 전화는 양봉업자들에게 연결시켜 준다. 그러면 전문가인 양봉업자들이 여왕벌을 비롯한 벌들을 자기 농장으로 데려가 양봉농사에 쓴다. 말 그대로 '윈-윈-윈' 하는 것이다. 하지만 말벌집이라면 얘기가 다르다. 말벌은 꿀벌집을 공격해서 꿀벌을 초토화시키기도 하지만 사람이 말벌에 쏘이면 아나필락시스 쇼크, 즉 격렬한 알레르기 반응이 일어나 심한 경우에는 호흡곤란으로 사망에 이를 수도 있기 때문이다. 그래서 즉시 제거를 위해 출동한다. 소방관도 사람인지라 말벌에 쏘이면 안 되기 때문에 완전무장을 하고 작업에 임한다.

예전에는 벌집 제거 시에도 불 끌 때 입는 방화복을 입고 많이 했지만 요즘은 전용 보호복이 나왔다. 보통 2인 1조로 작업하는데, 말벌집은 대부분 높은 곳에 매달려 있기 때문에 한 명은 밑에서 사다리를 지지하고 다른 한 명이 올라가 제거하는 식이다.

여름 땡볕에 보호복을 입으면 숨이 턱턱 막힌다. 입는 순간 땀이 나고 내쉬는 숨의 열기로 안면부 고글이 흐려지기 일쑤다. 그렇다고 습기를 닦아낼 수도 없다. 안면부 고글과 보호복이 일체형이라 고글을 닦으려면 보호복을 모두 벗어야 하기 때문이다. 잘 보이지 않는 상태에서 윙윙거리는 벌들의 날갯짓 소리를 들으면 공포감이 밀려온다. 보호복으로 중무장했어도 소매깃이라든가 발목 부위 등 살이 드러난 곳으로 벌들이 들어오지 않을까 싶어 염려스럽다. 벌들은 조그만 틈만 있으면 그곳으로 비집고 들어와서 침을 쏜다. 그래서 재빠르게 올라가 신속하게 작업을 끝내는 게 최선이다. 사다리에서 미끄러지거나 중심을 잃으면 추락의 위험도 있기 때문에 끝까지 긴장을 놓을 수 없다.

한번은 아파트 옥상에 커다란 벌집이 있다는 신고를 받고 출동한 적이 있었다. 정말 아파트 옥상 벽면에 선풍기 머리만 한 벌집이 매달려 있었다. 사다리를 다 펴도 벌집까지 닿지 않았다. 스프레이와 토치를 장대와 연결한 벌집 전용 제거 장비를 써서 일단 겨우 떼어내기는 했는데 그다음이 문제였다. 집을 잃은 벌들이 아직 그곳에 남아 주위를 윙윙 맴돌았다. 남은 녀석들을 제거하러 김 반장이 사다리를 다시 올라갔다. 살충제 스프레이로 남아 있는 녀석들을 거의 다 제거하고 남은 벌집까지 깔끔하게 정리한 후 사다리 중간쯤까지 내려왔을 때였다.

"앗, 따거!"

김 반장이 비명을 지르며 사다리에서 뛰어내렸다. 몇 마리의 벌들이 도망치는 그를 쫓아와 소매 안으로 파고들었다. 우리는 살충제 스프레이로 벌들을 쫓아내고 아파하는 그의 왼쪽 장갑을 조심스레 벗겼다. 김 반장의 손이 마치 고무풍선처럼 퉁퉁 부어 있었다. 우리는 일단 생리식염수를 부으며 손등에 있는 말벌 침을 찾아 빼내고 옆에 대기하고 있던 구급대원에게 인계하여 병원에 이송토록 했다. 혹시나 아나필락시스 증상이 나타나서 응급상황이 생길까봐 노심초사했지만 다행히 병원 진료를 받고 나서 별일 없이 소방서로 복귀했다. 며칠 뒤엔 부었던 손도 다시 원래대로 되돌아왔다. 보호복에 딸린 벌집 제거 전용 장갑을 껴야 하는데 일반 구조 장갑을 끼는 바람에 장갑과 보호복 사이에 틈이 생겨 손을 쏘인 것이었다.

"주임님, 죄송합니다, 제가 조심하지 못해서…"

"괜찮아, 그래도 그만하기 다행이다. 보약 한 재 먹었다고 생각해라."

소방관들 사이에선 벌에 쏘이면 보약 맞았다고 말하곤 한다. 일부러 봉침 맞는 사람도 있는데, 체질에 따라 다르게 나타나는 알레르기 반응만 없다면 벌에 한 방 정도 쏘이는 건 혈액순환에도 좋다고 생각하는 것이다. 다른 한편으론 앞으로 그의 소방서 생활에서 무엇과도 바꾸지 못할 좋은 경험이 되었을 것이기 때문이다.

다시 벌집 제거 철이 돌아오고 있다. 10월까지는 또 벌집 보호복 속에서 뜨거운 땀방울을 흘릴 것이다. 그리고 가끔 벌에 쏘이거나 사다리에서 떨어져 병원 신세를 지는 대원도 있을 것이다. 그래도 우리는 언제든 출동한다. 시민들의 안전을 위해서, 그리고 아인슈타인이 말한 인류의 미래를 위해서…

# 3장

# 긴급
# 출동

# 나의 첫
# 심폐소생술

내가 소방서에 입사해서 처음 받은 보직은 구급대원이었다. 응급구조사 교육을 받고 자격증을 따기까지 꼬박 일년 남짓한 시간 동안 난 자격증 없이 구급차를 탔다. 지금은 무조건 자격증이 있어야 하지만, 그때는 자격증을 딸동안 구급차를 타고 다니며 자격이 있는 선배에게 배우는일종의 실습 기간을 거쳤다. 하지만 정식 자격증이 없었기때문에 당시 규정에 따라 심폐소생술(CPR)이나 정맥주사삽입 등은 할 수가 없었고, 다만 옆에서 보조할 수 있을 뿐이었다. 그렇게 일 년간의 수련 끝에 응급구조사 자격증을 따고 정식 구급대원으로 구급차에 올랐을 때에는 내가 정말 이 일을 제대로 해낼 수 있을지 하는 두려움이 앞섰다. 다른 선배들처럼 멋지게 환자를 소생시키고 무사히 병원 응급실까지 이송할 수 있을까? 이제는 내가 실습하는 후배를 데리고 가야 하는 상황에서 모든 일을 순조롭게 해낼 수 있을까? 선배를 따라다닐 때는 선배가 시키는 대로 하기만 하면 되었는데 이제는 그 모든 일들이 내 어깨를 짓누르는 듯했다.

몇 번의 구급출동을 마치고 돌아와서도 내가 제대로 일을 해냈나 하는 생각에 잠을 이루지 못할 때도 많았다. CPR을 하고 나서도 조금만 더 압박을 제대로 했다면 환자를 살릴 수 있었다는 생각에 괴로워하던 어느 날이었다.

"구급출동! 구급출동! 심정지 환자!…"

소방서 스피커에서 구급출동 벨이 울렸다. 나와 내 후임 K는 잽싸게 구급차에 올랐다.

"환자는 갑자기 쓰러져서 의식이 없다고 하며 주위 사람들에게 심폐소생술을 지도하고 있는 상황…"

무전에서 나오는 상황 요원의 목소리가 급박했다. 골든타임 4분을 넘기지 않는다면 심폐소생술을 충분히 시도해

볼 수 있는 상황이었다. 우리는 다른 차들의 양보를 받아가며 최초 신고 장소로 향했다. AED(자동 제세동기) 가방을 가지고 구급차에서 내리자 커다란 나무 앞 담벼락 옆에 모여 있는 한 무리의 사람들이 보였다.

"비켜주세요! 비켜요!"

나는 사람들을 헤치고 나아갔다. 그 끝에는 한 남자가 가슴팍을 드러낸 채 눈을 감고 누워 있었다. 누군가 CPR을 하던 흔적이었다. 나는 일단 AED 단자를 그 사람의 양 가슴에 붙이고 맥박과 호흡을 확인했다. 맥박은 무수축(심장 리듬이 없음)이었고 호흡도 느껴지지 않았다. CPR이 필요하다는 AED의 사인을 받고 바로 CPR에 돌입했다. 일단 기도개방을 하고 앰부 백(Ambubag, 수동식 인공호흡기)으로 호흡을 두 번 불어넣었다. 그러고는 양쪽 갈비뼈가 만나는 지점에서 손가락 마디 두 개쯤 위의 압박점을 찾아 가슴압박을 시작했다. 1분에 100회의 속도로 30회, 너무 빠르지도 너무 느리지도 않게, 마치 파도가 해변에 몰려갔다 몰려오는 그 리듬으로, 태곳적 생명이 시작되던 바로 그 리듬으로… 이제는 눈 감고도 외울 수 있는 프로토콜을 따라 가슴압박을 반복했다. 너무 깊지도 얕지도 않게, 심장의 피가 뇌로 충분히 도달할 수 있는 깊이로… 30회의 압박을 마치고 다시 두 번의 호흡을 불어넣었다. 그렇게 두세 번의 사이클을 반복한 후, 다시 압박점에 손을 올려 가슴 압박을 하려던 순간이었다. 갑자기 환자가 눈을 떴다. 그는 마치 깊은 잠에서 깨어난 것처럼 여기가 어딘지 모르겠다는 표정이었다. AED 모니터가 정상적인 그의 심장리듬을 우리에게 보여주었다.

생명은 리듬, 죽음은 직선이다.

"현두야! 이놈아!"

소리를 지른 이는 담벼락 한구석에서 애처롭게 앉아 있던 백발의 노파였다. 그녀는 남자가 눈을 뜨자마자 달려와 그의 얼굴을 품에 안고 흔들어댔다.

"평생 모자란 놈 때문에 고생하더만 이제는 다 키아놔도 마음 편할 날이 없네…"

누군가 조그맣게 수군거리는 소리가 들렸다. 그제야 난 남자에게 장애가 있음을 알 수 있었다. 고개를 돌리는 것이나 시선을 맞추지 못하고 말하는 것이 어눌한 것으로 보아 다운증후군 환자인 것 같았다. 그가 의식을 되찾았지만 언제 다시 쓰러질지 모르는 상황에서 여기서 시간을 허비

하고 있을 수는 없었다. 우린 재빨리 환자를 구급차에 싣고 병원으로 향했다. 그의 가슴에 붙여놓은 AED 단자는 떼지 않고 차 안에서도 그의 맥박과 호흡을 체크했다. 구급차 안에서 그의 손을 부여 쥔 어머니의 손은 풀어질 줄 몰랐다.

우리 구급차가 병원 응급실에 도착해서 그를 당직의사에게 인계하고 나니 그의 모친이 검은 봉지에 든 박카스두 병을 내게 내밀었다.

"선상님, 고맙심니더…"

"아닙니다. 이게 우리가 할 일인걸요…"

그녀는 자기 아들보다 어린 우리에게 연신 고개를 숙이며 인사를 했다. 우리는 그 인사를 받고 있을 수가 없어서 다시 구급차를 타고 소방서로 향했다. 하지만 구급차 안에서는 내가 한 사람의 목숨을 구했다는 뿌듯함이 가슴으로 전해져 왔다. 앞으로 살아가면서 다른 사람들의 도움이 필요하겠지만, 그럼에도 불구하고 한 어머니의 아들이었던 그에게는 아직 살아갈 날들이 더 많이 남아 있다는 생각이 어렴풋이 들었다. 그리고 이를 시작으로 이제는 내가 진짜 정식 구급대원이 되었음을 느꼈다.

# 소방관들의
# 무사귀환을 기원합니다

비가 오는 오전이다. 어젯밤 뉴스를 보면서 밤새도록 뒤척인 나는 다시 컴퓨터 앞에 앉았다. 비번인 날이라 이렇게 여유롭게 글을 쓰고 있지만 어제 화재현장에서 고립된 소방관은 칠흑 같은 연기와 화마 속에서 어떻게 밤을 보냈을까, 그 가족들은 어떤 심정일까를 생각하면서 키보드를 두드린다.

불이 난 지 28시간이 지났지만 불은 여전히 꺼지지 않고 사람들의 애간장을 태우고 있다. 새벽에 비가 내렸지만 뉴스에서 보이는 화재현장은 연기와 불길이 쉴 새 없이 물류창고 벽면을 검붉게 물들이고 있다. 그 속에서 숯검댕이가 된 방화복을 입고 현장을 누비는 소방관들… 저들의 심정을 나는 알고 있다. 화재가 시작된 지 28시간 동안 불을 못 끄고 있어서가 아니라 자신들의 동료를 저 속에다 남겨 두고 왔다는 죄책감에 지금이라도 당장 맨몸으로라도 안으로 들어가 자신들의 구조대장을 안고 나오고 싶을 것이다. 하지만 검은 연기는 그 길을 가로막고, 화마에 기울어진 건물은 그들의 발길을 잡는다. 그리고 하늘은 그 마음을 아는지 모르는지 눈물만 흘리고 있다.

  모든 화재 출동이 그렇듯이 어제 새벽에도 그들은 마음속으로 이 화재가 수월하게 진압되길 바랐을 것이다. 화점까지 신속하게 호스를 깔고 정확하게 화점에 방수해서 화재를 진압하고 무사히 센터로 복귀하기를 바랐을 것이다. 하지만 무전기에서 들려오는 상황요원의 다급한 음성을 들으며 소방차 안에서 공기호흡기 면체의 끈을 단단하게 졸라매었을 것이다. 막상 화재현장에 도착해 보니 불은 벌써 커다란 물류창고를 집어삼키고 있었을 것이다. 65밀리 대형 방수포가 소용이 없을 정도로 불은 이미 알라딘의 마법램프에서 나오는 지니처럼 커져 있었을 것이다. 하지만 그럼에도 불구하고 그 화세를 뚫고 뜨거운 열기를 온몸으로 받아가며 소방호스를 펼쳐야 했을 것이다. 검은 연기가 눈을 가리고, 뛰는 심장박동 소리와 거친 숨소리가 자신의 귓전을 때려도 그 화마를 향해 물대포를 쏘았을 것이다. 그리고 인명을 구조하는 구조대원들은 혹시나 남아 있을지 모를 사람들을 찾아 건물 안으로 진입했을 것이다. 최초 발화가 시작된 지하 2층으로 위험을 무릅쓰고 내려갔을 것이다. 검은 연기 안으로 비쳐드는 한줄기 랜턴 불빛에 의지해서 발을 옮겼을 것이다. 점점 줄어드는 공기호흡기 잔량을 확인하며 희미한 사람의 흔적을 찾았을 것이다.

하지만 미처 확인하지 못한 선반에 올려둔 가연물이 쏟아지면서 잦아들었던 화마가 되살아났고 5명 구조대원들을 덮쳤을 것이다. 삽시간에 뜨거운 열기가 온몸을 휘감고 현장을 탈출하라는 무전을 받고 동료들과 함께 현장을 빠져나왔을 것이다. 하지만 탈출하고 나서야 자신들의 구조대장님이 보이지 않는다는 사실을 깨달았을 것이다. 다시 지하 2층으로 진입하고 싶지만 건물 붕괴 우려로 인해 그렇게 할 수 없다는 사실에 눈물을 삼켰을 것이다.

소방관들이 쓰는 공기호흡기는 50분용이지만 격렬한

화재현장에서는 많은 산소가 소모되기 때문에 30분 정도 밖에 쓸 수 없다. 30분이 지나면 용기를 교체하기 위해 화재현장에서 나와야 한다. 하지만 만약 동료들을 잃어버려 고립되어 나가는 방향도 알 수 없을 때는 현장으로 진입할 때 바닥에 깔고 들어온 소방호스를 더듬어 진입로를 찾아야 한다. 호스를 따라 반대 방향으로 나가는 것이다. 하지만 검은 연기가 시야를 가리고 호스도 놓쳤을 경우에는 꼼짝없이 벽을 더듬으며 출구를 찾아야 한다. 한쪽 벽을 짚으며 계속 따라가다가 우연히 출구를 찾으면 그곳으로 나오는 것이다. 공기가 다 떨어지기 전에 출구를 찾는다면 다행이지만 출구를 찾기 전에 공기가 다 떨어져 버린다면 어떻게 될까? 모든 것을 신께 맡기고 기도하는 수밖에 없다.

# 소방관의 기도

제가 부름을 받을 때에는
신이시여!
아무리 강력한 화염 속에서도
한 생명을 구할 수 있는 힘을
저에게 주소서

너무 늦기 전에
어린아이를 감싸 안을 수 있게 하시고
공포에 떨고 있는 노인을 구하게 하소서
가냘픈 외침까지도 들을 수 있게 하시고
신속하고 효과적으로 화재를 진압하게 하소서

그리고
신의 뜻을 따라
저의 목숨을 잃게 되면
신의 은총으로
저의 아내와 가족을 돌보아 주소서…

    온갖 비극적인 결말이 머리에 떠오르지만 구조대장님이
무사귀환 할 수 있기를 전국의 소방관들은 마음속으로 빌
었을 것이다. 어젯밤의 나처럼.

    다시 한번 이천 물류창고 화재에 출동하신 김 소방경님
의 무사귀환을 기원합니다.

# 소방관은
# 슈퍼맨이 아니다

고 노명래 소방사의 명복을 빕니다.

　요즘 왜 이렇게 소방관들의 사망 소식이 자주 들려오는지 모르겠다. 지난주에 김동식 구조대장님의 비보에 이어 오늘 아침 다시 새내기 소방관의 부고가 들렸다. (고) 노명래 소방사, 그는 임용된 지 1년 6개월밖에 되지 않는 새내기 소방관이었다. 그리고 10월에 결혼을 앞둔 새신랑이었다. 아직 서른도 안 된 새내기 소방관⋯

　내가 처음 소방에 입문했을 때도 내 나이 28살이었다.

모든 게 처음이라 서툴기만 했던 소방조직 속에서 시간은 출동과 업무의 연속으로 정신없이 흘러갔다. 3교대 근무인 지금과는 달리 당시에는 24시간 맞교대 근무였기 때문에 집에서 가족들과 지내는 시간보다 소방서에서 동료들과 지내는 시간이 더 많을 정도였다. 게다가 비번 날에도 훈련 등 여러 행사가 있어서 24시간을 꼬박 근무하고, 비번 날에는 행사에 참석하고, 집에서는 잠만 자고 나오는 식이었다. 하지만 구급출동이나 화재출동을 가면 아픈 사람을 도와주고 위험에 처한 사람을 살릴 수 있다는 보람으로 힘든 줄 모르고 하루하루를 견뎠다. 긴장의 연속인 소방서 생활과 잠깐의 휴식이 있는 집의 생활을 쳇바퀴 돌듯 하다 보니 어느새 20년이란 시간이 흘러가 버렸다. 소방관으로서 내가 걸어온 길 위에서 많은 것들이 나를 스치고 지나갔다.

(고)노 소방사도 아마 이런 생활을 1~2년 정도 했으리라. 선배들의 지시, 혹은 따끔한 지적을 받고서 항상 모자라게 생각되는 자신을 채찍질했으리라. 그리고 언젠가는 선배들처럼 베테랑이 되어 화재현장에서 멋지게 사람을 구해내는 상상도 했으리라⋯ 하지만 어제의 화마는 이런 새내

기 소방관의 막 피어나는 꿈을 짓밟아 버렸다. 고막과 심장이 터질 듯 방망이질하는 사이렌 소리를 들으며 도착한 화재현장, 3층 건물에서는 연기와 불꽃이 막 피어나고 있었다.

구조대는 화재진압과 인명검색을 동시에 실시해야 한다. 3층에 사람이 있을지도 모른다는 소식에 구조대장을 중심으로 일사분란하게 건물 내부 계단으로 진입한 구조대원들, 하지만 갑자기 격렬해진 화세에 그들이 들어왔던 건물 내부 계단은 삽시간에 불길에 휩싸여 버렸다. 오도 가도 못하게 되어버린 진퇴양난의 상황에서 퇴로는 3층 미용실 창문뿐이었다. 선배들이 하나씩 그 창을 깨뜨리고 바닥으로 뛰어내리는 것을 보면서 1년 6개월의 신임 소방관은 무엇을 느꼈을까? 아니, 무엇을 느끼고 말고 할 겨를도 없이 자신도 선배들을 따라 그 유리창으로 뛰어내려야 했을 것이다. 뜨거운 불길이 자신의 등과 목을 핥아 들어오고 있었을 것이기 때문이다. 20킬로그램 정도의 화재진압장비를 메고 3층 건물에서 바닥으로 뛰어내리는 것은 이미 그것만으로 사망에 이를 수 있는 중상을 입을 수밖에 없다. 하지만 다른 선택지는 없다. 불구덩이 속으로 들어가 다시 계단을 타고 내려가기에는 너무 뜨거웠을 것이다. 그렇다고 무슨 날개가 있어서 하늘을 날아오를 수도 없다. 그렇다! 소방관은 결코 슈퍼맨이 아니다.

　처음에 뉴스를 보고 5명의 소방관이 부상을 당한 줄 알았다. '3층에서 떨어져 살아남다니… 대단한 사람들이야.' 다른 사람들처럼 나도 그렇게 생각했다. 하지만 오늘 아침, 화상을 입고 치료를 받던 노 소방사가 결국 우리 곁을 떠나갔다는 소식을 듣고 소방관도 결국 사람일 뿐이라는 뻔한 명제를 인정할 수밖에 없었다. 소방관이 순직할 때마다 언론에서는 영웅이라고 치켜세운다. 목숨을 바쳐 사회를 구한 영웅이라고… 하지만 소방관도 화재 앞에서 너무나도 연약한 인간일 뿐이다. 공기호흡기가 연기로부터 지켜준다고 하지만 기껏해야 30분용일 뿐이다. 30분이 지나고 나면 더 이상 안전하게 호흡할 공기가 없어진다. 방화복과 헬멧이 화염으로부터 지켜준다고 하지만 그것 또한 잠시 동안의 임시방편일 뿐이다. 뜨거운 화염 속에서 헬멧은 녹아버리고 방화복도 허무하게 타버린다. 아니, 그보다 먼저 재가 되는 것은 우리의 육체다. 인간의 피부는 50도가 넘어가면 세포 변화를 일으키고, 밀폐된 공간에서 뜨거

운 연기를 마셔서 기도에 흡입화상을 입게 되면 결국 호흡
장애로 사망하게 된다. 이런 우리에게 영웅이라고, 슈퍼맨
이라고 치켜 세우는 것은 너무나도 가혹한 처사다. 우리도
결국 똑같은 '사람'이기 때문이다. 일반인보다 조금 더 훈
련을 받아 화재현장에 익숙할 뿐, 공기호흡기나 방화복으
로 무장하고 있어도 결국 불과 연기 앞에서는 너무도 연약
한 사람인 것이다.

　오늘 또 한 명의 소방관의 죽음을 보면서 많은 생각이
든다. 언제까지 이런 일이 계속 일어나야 할까? 이런 일이
반복되어도 이 사회는 마땅한 재발방지 대책은 없고 영웅
의 순직으로 미화하기 급급하다. 소방관이니까 불을 끄다
가 죽는 것이 당연한 것처럼 생각되나 보다. 하지만 더 이
상 이런 안타까운 죽음은 없어야 한다고 앳된 소방관의 영
정사진을 보며 뜨거운 햇살이 쏟아지는 2021년 6월의 마
지막 날에 나지막이 읊조려 본다.

# VIP와
# 119구급대원

2021년 11월, 이재명 대선 후보의 배우자 김혜경 여사를 이송한 구급대원에 관한 뉴스로 하루가 떠들썩했다. 경기도의 한 소방서에서 구급대원이 낙상사고로 부상을 입은 김혜경 여사를 이송하고 나서 상부에 보고를 하지 않아 비번 날 다시 소방서로 불려 들어와 조사와 질책을 받았다는 뉴스였다. 그 이후의 내용을 자세히 살펴보니 소방 당국이 당시 출동한 119대원들을 질책한 소방공무원을 엄중조치하기로 했다고 한다.

이런 뉴스들을 보고 있자니 내가 구급대원으로 근무할

때의 일이 생각났다. 구급대원 시절에는 정말 정신없이 일했다. 얼마나 정신없이 일했던지 구급대원으로 일한 7년이 3~4년 정도로밖에 안 느껴진다. 그때는 24시간 2교대 근무였는데 하루 24시간을 근무하면 주간에는 10여 건, 야간에는 5건 정도 해서 총 15건 정도의 출동을 했다. 말이 15건이지, 거의 쉬는 시간 없이 출동과 귀소(소방서로 돌아옴)를 반복해야 했다. 그리고 귀소와 출동 사이에는 이송한 환자의 상태와 병원 등의 데이터를 소방서 시스템에 입력해야 한다. 환자를 이송하느라 오염된 구급차와 구급장비를 세척, 소독하는 것도 구급대원의 몫이다.

가끔 발생하는 민원(이송한 환자나 보호자로부터 불만족의 피드백이 돌아올 때도 있다)에도 대처해야 한다. 때로는 비번 날에도 경찰서 등 관계기관에 가서 목격자로서 현장 상황을 증언해야 할 때도 있다. 한마디로 쉴 틈이 없었다. 거기다 환자를 별일 없이 병원에 이송시키면 다행인데, 그런 일은 많지 않았다. 야간에 출동해 보면 주취자와 만나서 애를 먹는 경우도 있었고, 심각한 부상을 입었는데도 이송할 적절한 병원이 없어 애간장을 태울 때도 많았다. 지금은 대부분 119 구급차에 3명의 대원이 탑승해서 일하지만 내가 일할 때만 해도 보통 2명의 대원이 모든 일을 처리했다. 그러니까 운전하는 대원을 제외하고 나머지 한 명의 구급대원이 환자 응급처치와 병원 선정, 그리고 취객과의 실랑이까지 혼자서 다 처리해야 했던 것이다(그 와중에서 구급대원 폭행사고가 일어나기도 한다).

흔들리는 구급차 안에서, 특히나 긴급을 요할 경우 쏜살같이 내달리느라 심하게 흔들리는 구급차 안에서 응급처치를 하기는 쉽지 않다. 더구나 환자의 협조가 없으면 붕대 하나 제대로 감기도 어려운데 환자의 협조를 못 받을 때도 많다. 어느 환자든 기본적으로 혈압, 혈당, 심전도, 산소포화도 등 생체징후를 파악해야 하고, 환자에 맞는 응급처치를 시행해야 한다. 또한 병원에 도착하면 환자의 인적사항을 먼저 요구하므로 정보도 미리 파악해야 한다. 그런데 심한 부상을 입은 사람이나 주취자는 자기 인적사항도 말하기 어렵다. 몇 번이나 물어서 어렵사리 확인하고(이 과정에서 주취자와 실랑이나 폭행사고가 일어나기 쉽다. 빨리 병원에 데려다주지 않고 쓸데없이 뭘 그리 물어보냐는 식이다) 응급처치도 해놓고 나면 또 병원 선정이 문제다. 간단한 열상(찢어지거나 긁힌 상처)이나 만성질환자라면 근처 병원이나 그 환자가 다니던 병원에 가면 된다. 하지만 심각한 부상으로 과다출혈이 있다거나 의식이 없는 혼수상태, 또는 독극물을 흡입했을 경우에는 대학병원급의 대형병원으로 가야 하는데, 구급차 안에서 전화를 걸어보면 수용 불가라고 하는 경우가 많다. 전문의가 부재중이라거나, CT나 MRI 등 의료 기계가 점검, 수리 중이라거나, 가장 흔한 것이 병상이 없다는 이유다. 가까운 다른 대형병원에 문의해도 사정은 매한가지인 경우가 많다. 아마 코로나 시절인 요즘은 병원 선정이 더욱 힘들 것이다. 게다가 고열을 동반한 환자라면 선택지는 더욱 줄어든다. 그러면 병상이 남아 있거나 가능한 병원을 찾아서 장거리 운전을 감행해야 한다. 뒷좌석에 촌각을 다투는 환자를 태운 구급대원도 덩달아 다급해진다. 그러다 보니 조금이라도 더 빨리 가려다 교통사고가 날 위험도 크다.

이렇게 구급대원은 구급차 안에서 분주하다. 환자를 살리기 위해서, 병원에서 제대로 된 치료를 빨리 받게 하기 위해서다. 구급차 안에서 응급처치를 해놓고도 환자의 혈압, 심전도, 산소포화도 등 생체징후가 나빠지면 자기가 한 응급처치가 잘못되었나 싶어 다른 처치를 시행할 때도

많다. 그러니 구급차에 같이 탄 보호자가 누군지 신경 쓸
겨를이 없다. 더구나 새벽 한 시에 모자와 마스크까지 쓴
대통령 후보를 보고 "아, 이재명 후보님이시네요. 어쩌다
가…" 하고 안부를 물어보기는 더욱 쉽지 않을 것이다. 그
런데 밤새 이렇게 고생한 구급대원을 퇴근하고 나서도 어
제의 VIP 이송 보고를 누락했다는 이유로 다시 소방서에
불러들여 사건 개요를 조사하고 질책했다는 보도가 사실
이라면 같은 소방인으로서, 선배 구급대원으로서 씁쓸한
마음을 감출 수가 없다.

빠르게 달리는 구급차 속에서 움직이기도 불편한 방호
복을 입고 환자의 상태를 파악하고 응급처치, 병원 선정은
물론 주취자의 폭력에도 대응해야 하고 보호자의 사회적
지위까지 신경 써야 하는 우리의 구급대원들에게, 그럼에
도 불구하고 코로나 시절에 국민들의 건강과 안위를 위해
오늘도 달리고 있는 젊은 그들에게 다시 한번 위로와 격려
를 보낸다.

# 건물
# 붕괴

"광주 화정동 아이파크 아파트 붕괴사고로 돌아가신 희생자 분들의 명복을 빕니다."

며칠 전 2월 8일 저녁 7시 37분쯤 광주 아이파크 아파트 붕괴 현장에서 매몰된 마지막 희생자를 구조해서 수습함으로써 지난달 11일 오후 3시 46분경 일어난 붕괴 사고 29일 만에 모든 구조작업이 마무리됐다.

구조작업이 마무리되기까지 말도 많았고 탈도 많았던 이 붕괴 사고는 2022년 대한민국의 '빨리빨리' 문화에 기인한 안전불감증의 민낯을 보여주는 사건으로, 대한민국 건축사에서 잊히지 않을 인재로 남을 것이다. 하지만 이번 사고에서 보여준 희생자 유가족들과 소방당국의 대처는 이전의 사례와는 다르게 현장 진입 대원의 안전을 먼저 생각한 모범 사례로 기억될 것이다. 특히나 이번 사고의 희생자 유가족분들이 무리한 구조작업으로 인한 소방대원의 희생을 원치 않는다는 입장을 밝히신 것을 보면 우리 사회가 '빨리빨리' 문화에서 벗어나 안전과 소통을 중시하는 선진사회로 진입하는 터닝포인트에 들어선 것 같다는 생각이 들었다. 그도 그럴 것이 이번 사건의 구조활동에는 구조안전 전문가 25명이 자문에 응했고, 광주 소방공무원 연 4,857명과 전국 소방력 동원령에 따른 소방관 연 841명, 구조견 141마리(중복 포함)가 투입되어 24시간 수색체계에 돌입하여 29일 동안이나 구조활동을 펼쳤기 때문이다.

수색 과정은 아파트 외벽에 설치된 크레인 등으로 인한 추가 붕괴 우려와 잦은 잔해물 낙하 등으로 수차례 수색 중단과 재개를 반복하며 난항을 겪었다. 한 정치인은 아파트 붕괴 구조작업에 이스라엘에 특수부대 파견을 요청하자고 주장하기도 했다. 구조작업이 끝난 후 고민자 광주광역시 소방본부장님은 이번 구조작업이 '세계적으로도 유례를 찾기 힘든 열악하고 위험한 고난도 현장'이었다며 그럼에도 불구하고 할 수 있다는 사명감으로 전국의 구조대원과 구조견이 하나가 되어 매 순간 최선을 다했다고 강조했다.

건물 붕괴 구조작업이라고 하니까 십여 년 전 그날이 떠오른다. 2012년 8월 1일 오후 4시 19분, 부산 사상구 감전동 안전화 제조공장인 '㈜빅토스'에서 불이 나서 근로자 1명과 소방관 1명이 사망하고 9명이 부상을 당하는 사고가 있었다.

이 사고 역시 경기도 평택 냉동창고 화재나 이천 쿠팡 물류창고 화재와 판박이다. 그런 화재 사고들이 나기 벌써 10년 전에 비슷한 화재 사고가 있었던 것이다. 공장은 샌드위치 패널로 지어졌고 그 안에 있던 보온재가 불쏘시개 역할을 했다. 불길은 샌드위치 패널 안의 보온재를 태우고 순식간에 확산해 그 안에 있던 신발 완제품과 각종 화학물질을 연료로 삼아 건물을 집어삼켰고, 소방당국은 50여 대의 소방차와 헬기 1대, 150여 명의 소방인력을 동원하여 오후 5시 48분께 완전 진화했다. 그러나 이날 밤 10시께 추가 사상자 확인을 위해 건물 내부로 진입했던 김영식 소방위가 5층에서 건물 아래로 추락 사망했다. 그때도 화재 완진 후 잔화정리와 인명검색을 위한 소방관 진입, 재발화와 급격한 화재 확산, 소방관 고립 후 사망이라는 똑같은 공식을 보여주었던 것이다. 조금 다른 점이 있다면 그 화재에서는 화재 진압 중 건물 붕괴가 있었다는 점이다. 초기 진화 후 잔화정리와 인명검색을 위해 진입했던고 김영식 소방위는 붕괴된 건물에서 추락해 순직했다.

김영식 소방위는 나와도 같이 근무한 적이 있는 선배 소방관이었다. 처음 소방서에 발령받았을 때 그가 소방차를 운전하고 있었는데, 한눈에 봐도 법 없이도 살아갈 호인임을 알 수 있었다(하늘은 왜 이런 분들만 먼저 데려가는지 알다가도 모를 일이다). 그분은 처음 소방에 입문해 쩔쩔매고 있는 햇병아리 같은 나에게 먼저 손을 내밀어 주셨고 따스한 말과 미소를 건네주셨다. 덕분에 나는 소방관으로서 많은 것을 배울 수 있었고 한 사람의 소방인으로 살아갈 수 있는 용기를 얻었다.

그분이 화재 진압 중 붕괴된 건물에서 추락 사망하였다

는 소식을 듣고서 깜짝 놀랐다. 그때 나는 부산의 한 해수욕장에서 수상구조대원으로 근무하고 있었는데, 그날 근무를 마치자마자 장례식장으로 뛰어갔다. 그분은 장례식장의 영정 사진 안에서 환하게 웃고 계셨지만 내 눈에선 눈물이 마르지 않고 솟구쳤다. 소방 경력 27년 차의 베테랑 소방관도 갑자기 무너지는 건물 앞에선 어쩔 수 없이 이 세상과 이별해야 했던 것이다. 그것도 세 아이의 아버지이자 노모를 모시던 효자 소방관이었는데, 가족들이 얼마나 눈에 밟혔을까?

그 이후로 오랜 시간 나는 선배 소방관을 화재로 떠나보낸 트라우마에 시달리며 한동안 멍한 상태에서 살았다. 나도 언제든 그런 일을 당할 수 있고, 어쩌면 비극적으로 삶을 마감할 수도 있다 생각하니 일이 손에 잡히지 않았다. 하지만 점차 주위의 동료들과 함께 트라우마를 견디며 이겨내 왔던 것 같다.

이번 광주 아파트 붕괴 사고에서도 우리 사회가 '빨리빨리' 문화에만 사로잡혀서 빨리 희생자를 구조해 내라고 소방관들을 다그쳤다면 제2, 제3의 김영식 소방관, 이형석, 박수동, 조우찬 소방관(평택 냉동창고 화재), 노명래 소방관

(울산 상가 화재), 김동식 소방관(이천 쿠팡 물류창고 화재)이 나왔을지 모른다. 하지만 희생자 유가족 분들은 그렇게 하지 않았다. 가족의 안위가 무엇보다 염려되었겠지만 그보다도 무리한 구조 과정에서 똑같이 누군가의 가족일 소방관들의 희생을 원치 않았던 것이다. 그 모습에서 우리 사회가 지금 나보다도 남을 먼저 생각하고 안전과 소통의 원칙을 지켜가는, 진정한 선진사회로 진입하는 터닝포인트에 다가섰다는 생각이 들었던 것이다.

2022년 2월 12일, 광주 아이파크 아파트 붕괴 희생자 여러분과 앞에서 언급한 순직 소방관들의 명복을 다시 한번 빌며 한 달 동안 불철주야 고생하며 더 이상의 추가적인 희생 없이 구조작업을 마무리해 주신 전국의 모든 소방관들에게 박수를 보낸다.

화재 진압 중 건물 붕괴로 순직하신 나의 선배 고 김영식 소방관의 명복을 빕니다.

# 이태원과
# CPR

"이태원 참사 사고로 희생된 모든 분들의 명복을 빕니다."

이번 이태원에서 발생한 압사사고의 원인과 진상규명을 놓고 며칠이 지난 오늘까지도 많은 말들이 오갔다. 2022년 10월 29일 저녁 10시 15분, 할로윈데이를 앞둔 토요일 날 이태원을 방문한 많은 젊은이들이 통제되지 않은 좁은 골목길에 몰려들면서, 넘어지고 깔리고 끼면서 무려 156명(2022년 11월 2일 오전 6시 17분 기준)이라는 믿기지 않는 수의 사람들이 압사로 목숨을 잃었다.

나는 전직 구급대원이자 현직 소방관으로서 이태원 사고 현장에서의 CPR에 관해 얘기해 보고 싶다. 내가 구급대원으로 근무하던 10여 년 전과 지금을 비교하면 CPR에 관한 일반인들의 인식에 많은 변화가 있었다. 예전에는 '심폐소생술'이라고 하면 대충 알아듣던 일반인들도 CPR이라는 의학용어는 어려워하고 잘 모르는 사람들도 많았다. 하지만 요즘은 TV를 통해서도 CPR 방법을 배울 수 있고, 학교나 직장에서도 CPR 교육을 무료로 해주고 있어 대한민국 국민이라면 누구나 실습용 마네킹 가슴에 손을 포개 얹고 규칙적으로 누르기를 반복하는 동작을 한 번쯤은 해보았을 것이다. 그리고 주변에 숨을 쉬지 못하고 갑자기 쓰러진 사람이 있으면 먼저 119에 신고하고 구급대원이 도착할 때까지 CPR을 멈추지 말고 하라는 소리를 귀가 따갑게 들어왔을 것이다. 집에서 아이가 쓰러진 아빠를 살렸다거나 길거리에 쓰러진 행인을 살린 일반인의 이야기도 흔히 접할 수 있었다. 그래서 이번 이태원 압사 사고 때도 CPR을 하는 사람들의 모습을 쉽게 볼 수 있었다.

　내가 구급대원으로 근무할 때 CPR로 한 사람의 생명을 살렸던 일이 떠오른다. 2013년 9월쯤이었다. 가슴 통증 환자가 있다는 신고를 받고 출동한 것은 오후 3~4시쯤, 늦여름의 태양이 아직 뜨거운 시간이었다. 완전 시골이라고 할 수는 없고 논밭 사이로 소규모 공장들이 드문드문 있는 도시 외곽의 공단 지역이었는데, 비포장 도로를 달려 찾아간 공장 앞에 누군가가 동료의 부축을 받으며 오른손으로 왼쪽 가슴을 부여잡은 채 서 있었다.

"우리 사장님인데 갑자기 여기가 아프다고 하네요!"

환자의 왼쪽 가슴을 가리키며 하는 동료 직원의 말을 듣자마자 나는 사장님이라는 그가 협심증을 넘어선 심근경색 환자임을 직감했다. 그가 왼쪽 가슴을 부여잡고 있는 것도 그랬고, 방사통으로 볼 수 있는 어깨 통증까지 호소했기 때문이다. 그리고 아주 더운 날이 아님에도 불구하고 연신 식은땀이 흐르고 있었고, 땀으로 젖은 얼굴은 검게 일그러져 있었다.

일단 그를 구급차에 태운 후 심근경색 의심 환자가 있다며 병원을 수배해 줄 것을 소방 상황실에 요청했다. 환자는 가슴이 아프다며 구급차 베드에 누우려고 하지 않았다. 혹시 가지고 다니는 약이 있냐고 물어보니 상의 호주머니를 가리키길래 열어보니 검은 약병에 조그마한 흰색 알약이 들어 있었다. 협심증 환자가 긴급할 때 복용하는 니트로 글리세린(NTG, 심장 혈관 확장제)이었다. 평소에도 협심증 증상이 있어 병원에서 치료를 받고 약을 복용하는 환자였다. 협심증이 왔을 때는 좀 쉬면 나아지지만 거기서 한 걸음 더 나아간 심근경색은 쉬어도 통증이 계속 악화되는 경향이 있다. 나는 NTG 한 알을 그의 혀 밑에다 넣어주었다. 그러자 잠시 후 일그러졌던 얼굴이 펴지며 언제 아팠냐는 듯 나와 이런저런 대화를 하기 시작했다. 그는 전에도 가끔 이런 일이 있었지만 그럴 때마다 좀 쉬면 괜찮아져서 오늘도 그럴 줄 알았는데 좀처럼 나아질 기미가 보이지 않고 계속 왼쪽 가슴이 쥐어짜듯 아프고 그 통증이 어깨를 거쳐서 왼쪽 팔까지 전이되는 바람에 119를 불렀다며 미안하다고 말했다. 나는 괜찮다고, 그런 것이 우리 일이라며 무사히 병원까지 같이 가자고 그를 안심시켰다. 그는 겨우 베드에 누워 눈을 감았다. 그렇게 한가로운 시골길을 15분 정도 달렸을까.

갑자기 환자가 다시 왼쪽 가슴을 잡고 이리저리 굴렀다. 기침을 하면서 거품을 흘리며 헛구역질까지 했다. 난 왜 이러시냐고, 정신 차리라고 말했지만 소용없었다. 바로

CPR로 들어갔다. 일단 기도를 개방하고 2회 호흡 불어넣기를 실시했다. 그러고 나서 1분에 100회 정도의 빠르기로 깊이는 5센티미터 정도로, 워낙 많이 연습해서 몸이 기억하고 있는 바로 그 자세로 손깍지를 끼고 그의 심장을 찾아 누르기 시작했다. 하지만 그는 잠시 몸을 부르르 떨더니 이내 의식을 잃어버렸다. 가슴 압박을 30회씩 3회를 하고 나서 그의 상의를 벗기고 AED 패치를 그의 오른쪽 가슴과 왼쪽 옆구리에 하나씩 붙였다. AED 모니터로 불규칙한 심장리듬이 관찰되었다. AED에서는 '제세동해야 합니다.'라는 목소리가 어느 때보다 또렷하게 울렸다. 그 말을 듣는 즉시 나는 내 심장보다도 더 붉게 반짝거리고 있는 번개 모양의 제세동 버튼을 눌렀다. 여기서 나간 전류는 그의 몸을 타고 들어가 심장의 미세한 떨림을 없애고 다시 정상적으로 심장을 뛰게 할 것이다. 그리고 다시 심장압박. 병원에 도착할 때까지 내 옆엔 아무도 없었다. 오직 그의 심장을 위해서 나는 이 작업을 무한 반복하리라 생각하며 땀이 범벅이 되도록 구급차 안에서 CPR을 계속했다. 시골길에서 구급차가 덜컹거리며 손이 미끄러지기도 했지만 결코 가슴압박을 멈출 수는 없었다. 얼마나 계속했을까? 아마도 5분에서 10분 정도였던 것 같다. 잠시 후, 그의 눈동자가 조금씩 서서히 열렸다. 나는 어느 때보다도 기뻤다.

"정신이 좀 드세요? 괜찮으세요?"

그가 거짓말처럼 눈을 떴다.

"으응…"

그가 깨어나 처음 내뱉은 말이었다. 나는 다시 AED 모니터를 바라봤다. 불규칙하게 뛰다가 나중에는 직선을 그리며 '삐이~' 소리를 반복하던 그의 심장 리듬이 어느새 일정한 패턴을 갖춰 오르내리고 있었다. 맥박수와 산소포화도도 정상수치에 가까워졌다.

"물 좀…"

그는 천국에 잠시 다녀온 듯한 표정으로 물을 찾았다.

"물은 안 됩니다. 입으로는 아무것도 먹으면 안 돼요!"

아쉽지만 나는 그에게 물을 줄 수가 없었다. 그를 무사히 의사에게 인계하는 것만이 내게 가장 중요한 일이었기 때문이다. 언제 다시 심정지가 올지 알 수 없었기 때문에 나는 AED 모니터에서 눈을 떼지 못했다. 멀리서 우리가 환자를 인계할 병원이 보이자 그제야 마음이 놓였다.

몇 달 후, 그가 음료수를 들고 우리 119 안전센터를 찾아왔다. 그때는 정말 고마웠노라며, 앞으로는 더욱 조심하겠다고 말했다. 심장에 스탠드 시술을 받았다는 말과 함께. 그의 어두운 표정에 내 마음도 조금 무거워졌지만 그래도 그만하길 다행이라며 그를 위로했다. 한 달쯤 뒤에 나는 부산소방 본부장님으로부터 하트세이버 뱃지(심폐소생술과 AED를 활용해 심장이 멎은 사람을 살린 사람에게 주는 뱃지)를 받았다.

누군가는 이태원에서의 CPR이 골든타임인 4분을 훌쩍 넘긴, 최소 30분 이상 지난 후에 행해졌다며 별 의미가 없었다고 말하기도 한다. 하지만 나는 그럼에도 불구하고 어쨌든 환자 발견 즉시 최대한 빠른 시간 안에 CPR에 돌입해야 한다고 생각한다. 환자가 살아나건 혹은 그렇지 않건 간에—그것은 신의 영역이므로 그분에게 맡기고—일반인으로서 가장 빠른 시간에 제공할 수 있는 의료서비스인 AED를 활용한 심폐소생술을 실시해야 한다. CPR과 AED를 같이 활용하면 의식을 잃은 환자의 소생 가능성은 더욱 높아진다. 이번 이태원 참사에서도 더 많은 AED가 있었더라면 한 사람이라도 희생자를 더 줄일 수 있었을지도 모른다. 그러기에 사람들이 밀집하는 장소에 더 많은 AED 가 비치되어야 하겠고, 또한 일반인을 대상으로 한 AED 와 CPR 교육이 더욱더 많이, 그리고 더 체계적으로 이루어져야 하겠다. 그래서 이번 이태원 사고와 같이 혹시라도 또 일어날지 모를 대형 사고로 많은 사람의 목숨이 위험에 처했을 때, 국민 개개인이 응급구조사가 되어서 옆에 있는 나의 가족, 친구, 이웃을 더 많이 살릴 수 있었으면 좋겠다.

4장

소방관의

봄

# 다시
# 봄

　요란했던 봄비가 그치고 오늘은 완연한 봄날이다. 산수유와 개나리, 목련은 만개했고 벚꽃이 호시탐탐 피어날 때를 노리고 있다. 다음 주면 곳곳에서 꽃들이 한번에 피어나 장관을 이룰 것 같다. 그러고 보니 겨우내 비가 오지 않아서 골머리를 썩히던 겨울 가뭄도 이 봄비로 한번에 해갈될 것 같다. 그러면 지난겨울, 산불로 몸살을 앓았던 우리 산야도 푸르고 울긋불긋한 옷으로 갈아입고 색동옷 입은 아기마냥 아장아장 우리에게 다가올 것만 같다.

　소방관들을 괴롭히던 산불과 각종 화재로부터 벗어나

소방관들도 기지개를 켜는 계절이 왔다. 따뜻해진 날씨만큼이나 소방관들의 마음도 풀리는 봄이 온 것이다. 이제는 야간에 출동해도 추워서 몸이 얼어붙는 일은 없을 것이다. 싸늘한 강풍 속에서 산불과 맞서는 일도 줄어들 것이다. 물론 더 많은 훈련과 재정비의 시간들이 우리를 기다리고 있겠지만, 화재 출동이 줄어드는 것만으로도 소방관들의 마음은 봄날 벚꽃길을 걷는 것만큼이나 포근해진다.

아무리 예전보다 겨울철 화재가 줄어들고 여름철 인명구조나 폭우와 폭염 등 자연재난이 늘어났다고 해도 봄이 오면 겨울을 지낸 소방관의 마음이 푸근해지는 것은 어쩔 수 없는 일이다. 언제 울릴지 모르는 비상벨에 긴장감을 한시름 놓게 되는 것도 이 시기다. 이맘 때의 기분은 큰 화재를 진압하고 나서 개운하게 샤워를 마치고 퇴근할 때의 기분과 비슷하다. 특히나 봄비가 내리고 꽃들이 연달아 만개하는 요즘 같은 시기는 소방관들의 마음을 한때나마 녹여준다. 지금부터 사월 초파일까지의 날들은 산불과 화재도 뜸하고 폭우나 태풍 소식도 아직이기 때문이다. 이런 때라도 있어야 그나마 계속된 긴장에서 벗어나 즐겁게 근무할 수도 있고, 비번 날 가족들과 어딘가 놀러 가게 되어도 비상소집의 염려에서 벗어나 마음 놓고 즐길 수 있다. 물론 여전히 계속되는 코로나 시기에 어딘가 놀러 간다는 건 그 자체로 어렵긴 하다.

하지만 마음만은 그렇다는 얘기다. 작년과 재작년 내내 우리를 괴롭히던 코로나도 여전히 우리 곁을 떠나지 않고 일상을 방해하고 있지만 봄이 와서 그런지 마음은 한결 여유롭다. '올해는 코로나 시대를 끝내고 일상으로 돌아갈 수 있겠지.' 하는 희망이 마음 한구석에 봄에 틔운 새싹처럼 피어난다.

다시 봄, 사계절을 돌아 다시 봄이 찾아왔다. 이 봄에는 무엇이 어떻게 변할지 알 수 없지만 다시 와준 봄이 너무 반가워 소방관의 발걸음도 가볍다. 부디 어렵게 온 이 봄이 한참이나 오래 머물다 싫증 날 즈음에 겨우 보낼 수 있길 마음속으로 빌어본다.

# 바다의 119
# 소방정 706호

우리나라는 삼면이 바다로 둘러싸여 있고 내가 근무하는 부산도 이면이 바다에 접해 있다. 그러다 보니 내가 소방관으로 첫발을 딛기 시작한 그 순간부터 바다와의 만남은 언젠가 예정된 운명 같은 것이었다.

서두가 좀 거창하긴 했지만 쉽게 말하자면 요즘 나는 부산 항만소방서란 곳에서 근무하고 있다. 배에 불이 났다는 신고가 접수되면 '소방정 706호'라는 배를 타고 출동하는데, 한마디로 당분간 '바다 소방관'이 된 셈이다. 선박화재는 자주 발생하지는 않지만 한번 나면 대형화재다. 따라서 인명피해도 클 수 있다. 지난 일요일에 발생한 화재가 바로 그런 것이었다.

일요일이었던 그제, "아빠 소방서 가? 불 잘 끄고 와~"라며 요즘 웬만한 말은 다 하는 우리 막둥이의 배웅을 받으며 출근한 소방서, 여유 있는 휴일근무가 되리라는 예상과는 달리 오전 10시쯤에 화재 출동벨이 울렸다.

"화재출동! 화재출동! 중국 국적 화물선에서 화재 발생!"

신고 내용을 살펴보니 불은 초기 진화되었지만 연기는 계속 나고 있는 상태라고 했다. 하지만 아직 마음을 놓을 수는 없는 일이었다. 우리 소방 119 안전센터에서 소방정 706호가 접안되어 있는 부두로 뛰어가는데 멀리서 뭉게뭉게 피어오르는 검은 연기가 보였다.

소방정 706호를 타고 가면서 보니 신고 내용과는 다르게 선미(船尾) 조타실 부분에선 아직 불길이 활활 타오르고 있었고, 배의 갑판과 배 아래 기관실 부분에서도 검은 연기가 대량으로 피어오르고 있었다. 대형 선박화재임을 직감하고 우리 대원들은 모두 방화복으로 갈아입고 화재 선박에 접근하자마자 706호에 탑재된 방수포로 물대포를 쏘기 시작했다.

불길이 이글거리는 조타실을 향해 한 30분쯤 물대포를 때렸더니 불길은 어느새 잦아들고 흰 연기가 뭉게뭉게 피어올랐다. 하지만 이것은 시작에 불과했다. 소방관이 선내(船內)로 진입해서 화점에 정확히 물을 쏘아야지만 불은 완전히 꺼지기 때문이다. 바다 한가운데에서 운항 중인 배라면 소방정 706호를 그 배와 붙인 다음 대원들이 진입을 하겠지만 화재 선박은 항구에 접안된 상태였다. 배를 정박하고 그 안에 달린 크레인을 수리하는 과정에서 화재가 처음 발생했다고 했다. 그래서 육상 분대의 소방차들이 이미 출동해 있었고, 우리가 방수포로 외부의 불길을 어느 정도 잡은 후에 그 소방대원들이 선내로 진입했다.

우리 소방정 706호는 다시 불길이 치솟지 않도록 방수포로 그들을 엄호 방수할 준비를 했다. 종종 다 꺼진 불도 바람이 불면 되살아나 선내에 진입한 대원들이 위험에 처하는 경우가 많기 때문이다. 평택 물류창고에서 소방관 3명의 목숨을 앗아간 화재도 그랬다. 진입한 소방대원들에게 해수(海水)로 소방용수와 화재진압장비를 제공하였다. 하지만 최초 신고 후 6시간이 지나도록 불은 완전히 꺼지지 않았다. 화재 선박은 냉동 운반선으로 해치(배 갑판의 뚜

껑) 아래에 화물을 가득 싣고 있었는데, 그 화물들이 타는 검은 연기 때문에 화재 진압대원이 해치 아래로 진입해서 불을 끄기가 어려웠기 때문이다. 그래서 대형 크레인을 불러와 해치 하나하나를 모두 다 열고서 배 아래 화물칸에 소화약제를 뿌리는 질식소화(산소 유입을 막아 화재를 진압하는 방법)한 후에야 화재를 완전히 진압할 수 있었다.

화재가 완전히 진압되고 소방정 706호는 우리의 접안지로 돌아올 수 있었다. 몇 시간 동안이나 흔들리는 배 위에서 엄청난 수압의 물대포를 부여잡고 있다 보니 온몸이 쑤시고 뻐근했지만 무사히 선박화재를 진압했다는 생각에 마음만은 뿌듯했다. 대형 선박화재는 완전히 끄기가 어려워 다음날까지도 작업하는 경우가 많은데 해가 지기 전에 완전 진압을 한 것은 꽤나 빠른 시간 내에 이룬 성과였다. 몸은 피곤하고 고되었지만 접안지로 돌아와 소방정 706호를 세선(洗船)하는 동안에는 흥이 절로 났다. 배를 빨리 운항해서 화재 선박까지 신속하게 도착한 항해사 대원과 기관사 대원, 그리고 화재 진압 대원 모두 한마음 한뜻으로 멋지게 불을 끄고 무사히 귀소했기 때문이었다. 무엇보다도 든든한 우리의 소방정 706호를 보고 있자니 하루

동안의 고단함이 눈 녹듯 사라지는 것 같았다.

부산의 바다를 지키기 위해,
대한의 바다를 지키기 위해,
소방정 706호여 영원하라!
바다의 119여 영원하라!

# 학부모 재능기부
## 가던 날

　코로나 시절인 요즘도 학부모 재능기부가 그렇게 많은
지 모르겠는데 우리 첫째가 초등학교 3학년일 즈음에는
정말 학부모 재능기부로 일일교사를 나가는 일이 많았다.
당시 우리가 살던 아파트 안에 초등학교가 있다 보니 누
구네 아빠는 무슨 일을 하고, 누구네 아빠는 어디서 근무
하고 하는 정보들이 아파트 아줌마들 사이에서 모두 공유
되었다. 하루는 첫째가 어느 날 학교에 다녀오더니 가방
을 던지면서 대뜸 나에게 "아빠, 다음 주에 우리 학교에 일
일교사로 와 주면 안 돼?"하고 물었다. 같은 반 친구 경찰

관 아빠가 오늘 일일교사로 경찰관 복장을 멋지게 입고 와서 경찰관에 대해서 이야기를 해줬는데 너무 멋있어서 그 아저씨가 가고 난 후 그 친구의 인기가 올라갔다는 것이었다. 그런데 마침 담임선생님이 "오늘은 경찰관 아저씨가 왔는데, 다음 주엔 누가 오실까? 혹시 소방관 아빠 있는 사람?" 하고 말씀하셨고, 친구들이 모두 자기를 가리키면서 "수진이 아빠 소방관이래요!" 하고 말했다는 것이다. 얘기를 들어보니 나도 한번은 가줘야겠다 싶었다.

"그래, 가지, 뭐. 너희들 궁금해하는 심폐소생술 하는 방법도 가르쳐 주고 말이야…"

내 말을 듣고 첫째가 안심하는 듯 보였다. 그때만 해도 심폐소생술 교육이 요즘처럼 활성화되어 있지는 않았기 때문에 조금 알고 있는 사람은 많았지만 실제로 해볼 기회는 많지 않았다. 그래서 초등학교 시절부터 익숙하게 할 수 있도록 요령을 좀 가르쳐 줘야 되겠다 생각하던 차에 오히려 잘 됐다 싶었다. 당시 나는 소방서에서 구급대원 10년차로, 한창 구급차를 타고 다니며 구급대원으로 활동하고 있었다.

나는 소방서에서 교육용으로 쓰고 있는 CPR 실습용 마네킹도 2개 정도 빌리고 교육용 파워포인트도 작성해서 일일교사 날을 기다렸다. 실제로 현장에서도 CPR은 눈감고도 할 수 있을 정도로 숙련이 되어 있었고, 관공서나 학교 등에 외부 강의도 많이 나갔지만 막상 우리 딸이 다니는 학교에 가서 강의를 한다고 생각하니 긴장이 되는 것은 어쩔 수 없었다. 옆에 있던 와이프가 나의 이런 마음을 알아챘는지 자기가 노트북으로 파워포인트 넘기는 것을 도와주겠다고 해서 얼떨결에 우리는 일일 부부 소방관 재능 기부를 하게 되었다.

드디어 당일, 학교 강당에 들어서는데 초롱초롱한 눈망울 수백 개가 전부 나를—아니, 나와 아내와 우리 첫째를 번갈아 가며—바라보고 있는 것이 아닌가? 몇 번이나 해봐서 이제는 거의 외울 지경이 된 교안이었지만 나는 마른침을 한번 꿀꺽 삼키고는 강의를 시작했다.

먼저 파워포인트로 심폐소생술에 대한 이론을 설명한 다음 실습용 마네킹을 활용해서 실습을 시켜볼 생각이었다. 심폐소생술 순서에 대해 막 설명하려는데 남학생 하나가 손을 번쩍 들더니 내게 이렇게 물었다.

"그런데 심폐소생술 하다가 뽀뽀를 하면 어떻게 되나요?"

그 말을 듣고 강당에 모인 3학년 학생들 전체가 깔깔대기 시작했다. 흐음, 정말 초등학교 3학년다운 질문이로군. 난 순간 당황했다. 이대로 가면 아이들의 집중력이 흐트러질 것이고, 그렇다고 내가 조용히 하라고 야단칠 수도 없는 노릇이었다. 당황했지만 당황한 기색을 보일 순 없었다.

"여러분이 잘 아는 동화 '백설공주'에서는 왕자의 키스를 받고 공주가 깨어났지만 현실에서는 그런 일은 일어나지 않아요. 그런 경우에 공주를 살리기 위해서는 일단 가슴을 누르기 전에 먼저 목에 걸린 사과를 꺼내야 해요. 이렇게 엄지와 검지로 살짝 입을 벌리고 입 안의 이물질을 꺼내야 해요. 자, 보세요."

난 엄지와 검지 양 손가락을 가위처럼 만들어서 마네킹의 입을 살짝 벌리고 이물질을 꺼내는 시늉을 했다. 이것은 CPR을 하기 전 예비동작으로, CPR 순서에도 나와 있다. 그리고 마네킹의 코와 턱을 살짝 잡고 입에다 두 번 숨을 불어넣었다. 남학생의 질문이 오히려 나의 시범을 도와주는 결과를 가져다주었다. 아이들은 다시 조용해졌다. 곧이어 나는 마네킹의 가슴께에서 30회 흉부압박을 시행했다. 아이들은 내가 하는 심폐소생술 시범을 끝까지 쥐죽은

듯이 지켜보았다.

"누가 먼저 해볼까?"

시범이 끝나고 물으니 여기저기서 학생들이 손을 들었다. 난 제일 먼저 아까 질문한 아이를 불러냈다.

아이는 마네킹이 신기한지 이리저리 만져보다가 내가 시범을 보여준 대로 심폐소생술을 따라 하기 시작했다. 처음이다 보니 약간 서툰 면이 있었지만 친절하게 가르쳐 주었다. 나중에 딸에게 들어보니 그 애는 소방관이 꿈이라서 항상 소방관이 하는 일을 궁금해했고, 내가 간 그날도 소방관 아저씨가 온다고 설레발을 치고 다녔다고 했다. 처음 만나본 소방관 아저씨 눈에 띄고 싶었을까? 엉뚱한 질문으로 3학년 전체 학생들과 소방관 아저씨의 이목을 끌었으니 녀석, 그날 소기의 목적은 달성한 듯하다.

그렇게 아내와 그 개구쟁이의 도움(?)으로 학부모 재능기부를 무사히 마쳤다. 우리 첫째도 친구들이 모두 심폐소생술을 직접 해볼 수 있어서 너무 좋았다고 이야기해서 자기도 어깨가 으쓱했다고 말했다. (아빠 멋있었다는 말은 안 해?)

이제는 첫째와 둘째가 모두 고등학생과 중학생이 되는 나이인데다, 요즘은 심폐소생술 교육장이 많이 생겨서 그런지 학부모가 학교로 재능기부 가는 일은 거의 없어졌지만 가끔씩 아이의 학교에 일일교사로 갔던 일이 생각나곤 한다. 아빠가 어떤 노하우를 가지고 있어서 아이에게, 또 그 아이의 친구들에게 가르쳐 주는 일은 참 보람 있고도 근사한 것 같다. 그걸 통해서 아이가 '아빠가 하는 일이 이런 거구나' 하고 알 수 있다니 더욱 좋았다. 한편으론 이제 두 살배기 막내가 초등학교에 들어가서 혹시나 재능기부를 와달라고 하면 어떡하나 가끔 걱정이 되기도 한다. 하지만 걱정은 접어놓고, 앞으로도 계속 자기 관리를 열심히 하고 현장의 감각을 되살려서 그날이 와도 막내가 친구들로부터 멋진 소방관 아빠라는 얘기를 듣게 하고 싶다.

# 우리집의
# 히어로

　중학교 3학년인 첫째가 지금 20개월인 셋째만 할 때의 일이다. 세 식구가 함께 저녁을 먹고 있었는데 첫째가 무언가를 잘못 먹고 사레가 들렸는지 기침을 하기 시작했다. 옆에 있던 집사람이 등을 몇 번 쳐주었지만 계속 기침을 하더니 나중에는 숨을 못 쉬겠는지 입술이 파래지며 버둥대기 시작했다. 나는 본능적으로 첫째의 기도가 뭔가에 막힌 걸 알아채고 식탁에서 일어나 첫째에게 영아 마네킹으로 수십 번은 연습한 영아 하임리히법을 시행했다.

　왼손으로는 첫째의 턱을 사뿐히 받치고 엎드린 자세로

내 허벅지 위에 올린 다음, 오른손으로 5회 등 두드리기를 시작했다. 그런데 5회를 두드리기도 전에(아마 4번쯤 두드렸을 것이다) 첫째의 울음소리가 들렸다. 나는 이물질이 나온 것을 확신하고 첫째를 안아 올렸다. 녀석은 침을 흘리며 울고 있었다. 울 수 있다는 말은 결국 기도가 개방되었다는 것이므로 그제서야 안심이 됐다. 울고 있는 첫째를 엄마 품에 토스하고 나서 식탁 의자 위에 침으로 범벅이 된 떡 조각을 발견했다.

"이거였네, 떡!"

난 그 떡 조각을 첫째를 안고 달래고 있는 와이프에게 보여주었다. 와이프는 어안이 벙벙한 얼굴로 바라보았다. 그제야 자기가 소방관과 결혼한 것이 실감이 나는지 한 손으론 울고 있는 아이를 토닥거리고 다른 한 손으론 나를 보고 최고라며 엄지손가락을 추켜올렸다. 그리고 한동안 본가에 가든, 친정에 가든 이렇게 이야기를 하곤 했다.

"어머니, 글쎄, 아범이 아니었으면 수진이가 그날 어떻게 됐을지도 몰라요. 119를 부르려고 했는데 생각해 보니 우리 신랑이 119지 뭐예요. 호호호!"

둘째에게도 비슷한 일이 있었다. 그때도 둘째가 지금 셋

째만 할 때였다. 어느 더운 여름날이었는데 우리 부부는
첫째와 둘째, 그리고 부모님을 모시고 집 근처에 있는 해
수욕장에 갔었다. 그 해수욕장은 수심이 얕아 아이들이 놀
기에도 좋아 자주 가는 곳이었다. 게다가 바다로 지는 낙조
가 유명해서 여름이면 사람들이 많이 찾는 곳이기도 했다.

해 질 무렵 우리는 바닷가에 꼬맹이들을 데리고 들어갔
다. 첫째는 물놀이에 한창이었고 어른들은 바다를 붉게 물
들이며 지는 노을을 바라보고 있었다. 갓 걸음마를 뗀 둘
째는 와이프 옆에 서서 제 엉덩이 정도에서 찰랑대는 바닷
물이 신기한지 한참을 들여다보나 싶었는데…

'퐁당~슈욱!'

둘째의 몸이 순식간에 바닷물 속으로 고꾸라졌다. 2~3
미터 옆에서 지켜보던 내가 얼른 달려가 둘째의 허리를 감
싸 안고 들어 올렸지만 둘째는 반응이 없었다. 생각할 겨
를도 없이 영아 심폐소생술에 들어갔다. 첫째 때와 마찬가
지로 왼손으로 둘째의 턱을 살며시 받치고 내 무릎에 엎드
리게 한 뒤, 오른손으로 등 두드리기 5회 실시! 첫째 때와
는 달리 한 7회 정도 두드렸을 때 둘째의 울음소리가 들렸
던 것 같다. 아이의 심장은 뛰고 있었기 때문에 가슴압박

은 하지 않았다.

내가 아이의 등을 두드리고 아이가 울기 시작하자 주위에 사람들이 모여 들었다. 무슨 일 났냐고 걱정하는 사람들에게 난 아무 일 아니라고 하면서 울고 있는 아이를 아내에게 안겨주었다. 아내는 이번에도 어안이 벙벙한 표정을 지어 보였다. 아기의 입과 코로 바닷물이 들어가 숨을 쉬지 않을 때, 아기 머리를 위로 추켜올리고 얼러준다고 흔들기라도 했다면, 그 물이 기도로 들어가 더 큰 불상사가 생길 수도 있었을 것이다. 빨리 병원에 가야 한다고 냅다 안고 뛰기라도 했으면 결과는 더 안 좋았을 것이다.

그날 이후로 난 우리 집의 히어로가 되었다. 아내도 그때 처음이자 마지막으로(?) 소방관과 결혼한 것을 뿌듯해하는 눈치였다. 뭐든지 나보고 해달라는 것이 많았다. 소방관은 뭐든지 잘한다고 생각했나 보다. 하지만 시간이 흐르고 아이들이 커서 제 엄마와 함께 어린이집과 유치원에 다니게 되자 아이들의 히어로는 엄마가 되어버렸다. 어린이집에서, 유치원에서 선생님으로 일하는 엄마가 아이들의 눈에는 대단해 보였을 것이다.

그 사건 이후로는 아이들을 어딘가에서 구할 일이 딱

히 없었다. 가끔씩 아이들에게 꼬맹이 적에 아빠가 너희들을 구했다고 말해주었지만 자기들은 기억이 안 난다고 하니… 이런 게 히어로의 비애일까?

셋째를 구해본 적은 아직 없다. 이제는 와이프도 직장에서 영아 심폐소생술 교육을 받았다며, 그런 일이 또 생기면 셋째는 자기가 구할 거라고 자신만만해 한다. 이제는 우리 집의 히어로 자리를 집사람에게 물려줘야 할 때가 된 것 같다. 첫째와 둘째는 이제 아빠보단 엄마의 손길이 더 필요한 나이가 되었다. 사춘기에 들어선 첫째와 둘째는 엄마와 무슨 할 말이 그렇게 많은지, 저녁에 방문을 닫고 자기네들끼리 방에서 몇 시간을 소곤거린다(그래서 세 여자들의 세계가 가끔 궁금할 때도 있다). 주말이면 나를 쏙 빼놓고 셋이서 노트북으로 자기들이 좋아하는 드라마나 영화를 볼 때도 있다. 그럴 때면 조금 서운한 맘이 들기도 하지만 그래도 남은 셋째와 놀면서 위안 삼아 본다.

'이 녀석의 히어로는 아직까진 나겠지' 하면서…

## '빨리빨리'와
## 냄비근성

　십수 년 전 얘기이긴 하지만 외국인들이 가장 많이 알고 있는 한국말이 '빨리빨리'라는 말이 있었다. 한국인들이 음식점에서 '빨리빨리' 달라고 너무 외쳐대기 때문에 가장 많이 알고 있다는 이야기였다. 그도 그럴 수밖에 없는 게 한국이 다른 선진국들을 이토록 빨리 따라잡은 이유가 바로 '빨리빨리' 문화 덕분이었다. 한국전쟁을 거쳐 산업화 시기로 접어들면서 한국이 내세울 수 있었던 가장 큰 무기가 바로 스피드를 바탕으로 한 '신속'과 '정확'이었다.

　'빨리빨리'를 논하는 데 있어서 둘째 가라면 서러울 이가

바로 현대그룹 창업주 고 정주영 회장이다. 그는 60~70년
대 경부고속도로를 놓으면서 '빨리빨리'의 신기원을 보여
주었다. 일명 선시공 후정비(일단 아스팔트를 깔고 차를 다니게
하면서 나머지 중앙분리대라든가 제반 공사들을 이어가면서 정비함)
공법으로, 고속도로 건설계획 단계에서 박정희 대통령이
1년이나 단축시킨 공기를 추가로 1년을 더 단축해서 2년
만에 경부고속도로를 완공시켰던 것이다(완공 후에도 계속
고속도로 정비 공사를 했다). 하지만 그에 따른 노동자들의 희
생은 피할 수 없었는데, 공사 기간 중 희생된 사람들은 공
식적으로는 77명이라곤 하지만 아마 더 많을 것이다.

　이렇듯 우리 아버지 세대에는 '빨리빨리'가 미덕이었다.
가난한 우리나라가 세계의 틈바구니에서 살아남고 따라
잡으려면 무엇이든 빨라야 했다. 건설업의 공기 단축은 그
단적인 예다. '호랑이' 정주영은 공기 단축으로 건설업의
일인자로 우뚝 섰다. 그러나 공기 단축은 삼풍백화점과 성
수대교 붕괴 사고를 불러왔다. 안전불감증이 빚어낸 두 사
건으로 인해 '빨리빨리'의 신화는 깨져버렸다. '빨리빨리'
가 모든 것보다 우선한다는 명제를 우리는 뼈 아픈 사건들
로 인해 다시금 생각하게 된 것이다. '빨리빨리'와 부실공

사의 그늘에 가려져 있던 '안전'에 대해 되돌아보지 않을 수 없게 되었다.

내가 처음 소방에 입문했을 때도 분위기는 비슷했다. '빨리빨리'라는 분위기가 소방서 전체를 감싸고 있었다. 출동 사이렌이 울리면 대기실에 있던 소방관들은 재빨리 차고로 나와 소방차를 타고 가면서 잽싸게 소방복을 입어야 했다. 소방차가 현장에 다다르면 생각할 겨를도 없이 소방호스를 꺼내 화재가 난 건물로 진입했다. 검은 연기가 무럭무럭 피어오르는 문 앞에서 공기호흡기를 차고 불길 속으로 정신없이 뛰어들어 화점에다 대고 물을 쏘았다. 한순간이라도 머뭇거리면 그것은 화재와의 전쟁에서 패배를 의미했다. 가장 빠르게, 가장 정확하게 화재를 진압하는 소방관이 최고이자 최선의 소방관이었다. 하지만 그런 분위기 속에서 많은 소방관들이 다치고 죽어갔다. 건설업과 마찬가지로 '빨리빨리' 문화에서는 소방관의 희생도 당연한 것으로 여겨졌던 것이다. 그 희생이 언제부터 당연하지 않게 다가온 것일까? 이제는 소방서에서도 화재를 빨리 진압하는 것만을 강조하지 않는다. '안전'이 확보된 상태에서 화재를 진압하는 것을 최선으로 생각한 지가 꽤 되었다.

하지만 최근에 일어난 일련의 사건들은 우리 사회에 아직도 '빨리빨리' 문화가 잔존하고 있다는 것을 보여주었다. 작년에 있었던 두 명의 소방관의 순직과 불과 열흘 전에 있었던 세 명의 소방관의 순직에는 공통점이 있다. 바로 안전이 확보되지 않은 상태에서 '빨리빨리' 불을 끄고 사람을 구하러 들어갔던 소방관들이 목숨을 잃었다는 사실이다. 그리고 작년과 올해 광주에서 일어난 건축물 붕괴 사고와도 공통점이 있다. 빨리 건물을 철거하고 신축하려던 모 건설사의 '빨리빨리' 문화 때문에 6명의 노동자들이 희생되었다.

 우리 사회에 '빨리빨리'의 망령이 되살아나려 하고 있다. 이제는 우리도 선진국의 반열에 접어들어 과정의 중요성을 음미해 볼 때도 되었는데 말이다. 결과지상주의와 물질만능주의가 어우러져 '빨리빨리'의 망령을 부활시키려 하고 있다. 하지만 우리는 이미 그 폐해를 충분히 겪지 않았던가? 성수대교와 삼풍백화점 붕괴 사고를 잊었단 말인가? 2000년대 초의 홍제동 화재를 비롯해 매년 해마다 계속되는 소방관들의 죽음을 정녕 잊었단 말인가?

 여기서 우리는 한국인들의 또 다른 특성이라고 불리우

는 '냄비근성'과 만나게 된다. 뜨겁게 타오르다가도 언제 그랬냐는 듯 '훅' 꺼져버리고 마는, 한국인이 지닌 고유한 정서, 냄비근성! 이런 게 실제로 있는가 의문이 들 때도 있지만 요즘 뉴스를 보고 있으면 확실히 그런 게 있는 것 같기도 하다. 신문 1면과 9시 뉴스의 헤드라인을 장식하던 사건들… 하지만 다음 날 또 다른 사건이 올라오면 지난 일은 언제 그랬냐는 듯 사람들의 시선과 관심에서 사라진다. 사람들은 뉴스를 보고 흥분하고 다시는 이런 일이 없어야 한다고 탄식하지만 내일이 되면 또 잊힌다. 조만간 비슷한 사건이 또 뉴스에 등장할 때까지…

소방관의 어처구니없이 반복되는 순직이 그렇고, 공군 조종사의 불시착이 그렇고, 위험의 외주화라고 부르는 산업현장에서의 노동자의 사망이 그렇고, 대기업 공사장에서 반복되는 건축물 붕괴가 그렇다. 어떤 사건이 터졌을 때, 다시는 그런 일이 일어나지 않도록 재발 방지 대책을 세운다고 해놓고도 그때뿐이다. 비슷한 사건이 계속 반복된다. 이것도 '빨리빨리' 문화 때문일까? 요즘은 그 기간이 점점 더 짧아지고 있다. 냄비근성과 맞물려 재발 방지책을 세우는 데도 '빨리빨리'가 한몫하고 있는 것 같다('빨리빨리'

란 말은 '대충'이란 말과도 일맥상통한다).

제발 한 번 겪은 사건으로 같은 눈물을 다시 흘리는 일이 없도록 해야겠다. '오답노트'만 잘 작성해 놔도 틀린 문제는 또다시 틀리지 않는다는 건 초등학생들도 아는 사실 아닌가? 사고의 원인을 정확히 파악하고 그 대비책을 명확히 세워놓는다면 같은 사건으로 야기될 또 다른 희생을 막을 수 있을 것이다.

3년 전 온 나라를 탄식으로 몰아넣었던 '산불'의 계절이 돌아왔다. 오늘도 전국적으로 몇 건의 산불이 났다. 오늘은 쉽게 꺼졌지만, 이대로 가면 몇 개월 후 초봄이면 3년 전 그때처럼 대형산불로 온 나라의 매스컴이 떠들썩해질지 모른다. 지금이라도 똑같은 일이 되풀이되지 않도록 산불 예방에 만전을 기해야 한다. 입산객은 화기를 들고 산에 들어가지 말고, 관리부처에서는 산불이 나지 않도록 산불 예방에 더욱 신경을 써야 할 것이다. 또다시 '소 잃고 외양간 고치는' 일은 반복하지 말아야겠다.

한국인의 부정적인 특성인 빨리빨리 문화와 냄비근성을 동시에 잡을 수 있는 묘책은 돌다리도 두들겨 보고 건너는 신중함과 과정을 중요하게 생각하는 꼼꼼함이다. 이런 태도로 우리 주변의 모든 일을 대할 때, 우리는 후진국형 '사고 공화국'에서 벗어나 진정한 선진국의 대열에 합류할 수 있을 것이다.

# 영원한 오빠
## 송해 오빠를 추억하며

오늘 송해 선생님, 아니 우리들의 송해 오빠가 향년 95세로 우리 곁을 떠나셨다. 이제 '전국노래자랑'을 어떻게 보나 하는 생각이 앞선다.

그를 처음 본 것은 TV에서 서영춘이라는 코미디언과 함께 나온 만담류 코미디에서였다. 그때는 내가 5~7살쯤이던 70년대였는데 그때 난 서영춘을 최고의 코미디언이라고 생각했기 때문에 사실 송해는 서영춘을 보조하는 조연 정도로만 생각했다.

내가 초등학교에 다니던 80년대에 전국노래자랑이 방

송되기 시작했다. 처음엔 그 방송이 좀 촌스럽게 느껴졌다. 주로 시골이나 농촌 마을에 가서 마을 주민들이 나오는 노래자랑이 뭐 그리 세련될 수 있겠냐만은 어린 마음에는 시골 아저씨, 아줌마가 몸빼 입고 나오는 촌스러운 프로그램이라고 생각해서 몇 분 보지 않고 채널을 돌리곤 했다. 다른 채널에선 세련된 가수들이 멋진 춤과 노래로 무대를 꾸미는 프로가 널려 있었기 때문이다. 가요톱텐, 토토즐, 열린 음악회… 그래서 어릴 때 대중목욕탕 평상 위에서 전국노래자랑을 틀어놓고 입을 헤벌레 벌리고 웃고 있는 아저씨나 할아버지를 보면 '뭐가 그리 재밌으실까?' 하고 생각했던 것 같다.

그랬던 내가 본격적으로 전국노래자랑을 정기적으로 시청하게 된 것은 소방서에 들어오고 난 이후였다. 소방서에서 일하시는 식당 이모님들은 주로 일요일에 안 나오실 때가 많았다. 그래서 일요일 점심은 으레 중국집이나 라면 등으로 한 끼를 얼른 때웠는데, 막내였던 내가 대충 설거지를 하고 사무실로 내려가면 고참 선배들이 삼삼오오 소파에 모여 앉아 전국노래자랑을 보고 있었다. 처음엔 '뭐지? 다른 재밌는 프로도 많은데 왜 이걸 보실까?' 하고 생각했었다. 하지만 막내인 내가 채널을 돌리기엔 고참들의 몰입이 상당했다. 한 고참은 대놓고 내게 자기는 다른 프로보다도 '가요무대'와 '전국노래자랑'이 제일 재밌다고 말하기도 했다. 처음에는 도무지 이해할 수 없었다. 그게 재밌다니… 하지만 그런 일요일이 반복되면서 나도 어느새 그런 분위기에 묻어가게 되고 젖게 되고 기다리게 되었다. 세상은 세련되고 화려한 것들만이 아닌, 수더분하고 촌스러운 것들이 모여서 이루어 내는, 우리 어머니 같고 누이 같은 사람들의 세상이란 것을 그 고참과 송해 오빠는 벌써 알고 있었는지 모른다. 그래서 시간이 흘러 막내를 벗어나고 더 이상 설거지를 안 해도 되는 때가 와서도, 나 역시 밥을 먹고 나면 사무실로 내려가 전국노래자랑을 시청하는 것이 불문율이 되었다.

일요일 낮 12시 10분, 짜장면이나 라면으로 얼른 한 끼 때우고 내려와 TV를 틀면 귀에 익은 경쾌한 실로폰 소리가 흘러나오고, 키 작은 일요일의 남자가 나와 외친다.

"전구욱~!"

곧이어 인산인해를 이루는 관중들이 거기에 화답하기라도 하듯 한 목소리로 외친다.

"노래자랑!"

그러면 따라 나오는 인트로 음악. 일요일 오후의 나른함을 가장 잘 느끼게 해 주는 음악이다.

이제는 "딴딴딴 딴따 단따~" 하는 오프닝 음악이 흘러나와도 뭔가 아쉬울 것 같다. 누가 차기 사회자가 되더라도 그럴 것 같다. 마치 앙꼬 없는 찐빵을 먹는 듯 목이 메일지도 모른다. 욕쟁이 할머니 국밥집에 가서 욕을 얻어먹으며 국밥을 먹어야 제맛인데 그 욕이 없어서 제맛이 안 나는 국밥처럼 말이다.

송해 오빠는 하늘나라로 가시면서 많은 걸 가지고 가셨다. 일요일 오후의 나른함을 가지고 가셨고, 어쩌면 23년 동안의 내 소방서 생활의 일요일 오후를 가져가신 걸지도 모른다. 나는 이제 전국노래자랑의 송해 오빠를 기억 속에서나 추억할 수 있을 것이다. 그런 의미에서 송해 오빠는 한 세대의 추억을 가지고 가신 것이나 다름없다.

누군가는 95년 동안 노래와 함께 즐겁게 사셨으니 더 바랄 것 없는 인생이었다고 말할 수도 있다. 하지만 우리에게 추억할 많은 것을 만들어 놓고 가셨으니 남은 우리로서는 더욱 그분이 아쉽고도 그립다. 부디 하늘나라에 가셔서도 이 세상에서 그랬던 것처럼 친근한 노래와 함께 정겨운 사람들에 둘러싸여 행복한 일요일의 남자 '송해 오빠'로 남아주시길 그분의 소탈하면서도 자상한 미소를 떠올리며 기원해 본다.

# 막둥이,
# 소방서에 가다

보름 전쯤 막둥이가 어린이집에서 소방서와 경찰서를 견학했다. 그러면서 소방차와 경찰차도 타보고 소방관과 경찰관 아저씨도 만나본 모양이다. 요즘엔 내가 바쁜 엄마를 대신해 비번 날엔 어린이집에 막둥이를 데리러 가는데, 요며칠 차를 타고 집으로 오는 내내 그 얘기를 무한 반복하고 있다.

"삐뽀삐뽀~"

"응, 막둥이 소방차 탔어?"

"웅, 이잉~ 이잉~"

"그리고 경찰차도 탔어?"

"응, 아저씨!"

"그리고 소방관 아저씨하고 경찰관 아저씨도 만났어?"

"응, 삐뽀삐뽀!"

"불났어요, 불났어요~ 삐뽀삐뽀! 내가 먼저 가야 해요~ 삐뽀삐뽀!"

이렇게 우리 부녀는 소방차와 구급차 동요를 부르면서 신나게 길을 내려온다. 아파트 주차장에 다다르면 벌써 다 왔나 싶을 정도로 아쉽기만 하다. 하지만 그렇게 집에 오면 신이 나서 그런지 막둥이는 집에 들어와서도 나랑 손도 잘 씻고 옷도 갈아입고 얌전히 늦게 퇴근하는 엄마를 기다렸다가 잠이 들었다. 그런데 요며칠 그렇게 해서일까? 그날은 내가 소방서에서 근무하는 날이었는데 집사람에게서 영상통화가 걸려왔다. 좀처럼 영상통화를 하지 않는 사람인데 왜일까 생각하면서 전화를 받았는데, 영상에 나온 얼굴은 집사람이 아니라 울고 있는 막둥이였다. 아빠가 자길 데리러 오지 않는다며 어린이집에서 나갈 생각도 않고 어린이집 문 앞에서부터 울고불고 난리를 피워 집사람이 나에게 전화를 한 거였다.

"아빠 여기 있지? 빨간 옷 입고! 오늘 아빠 소방서 가는 날이지? 그래서 막둥이 못 데리러 오지?"

집사람은 내가 소방서에 있는 것을 확인시키고 아이를 달래기로 한 모양이었다. 난 핸드폰으로 소방서 차고에 있는 소방차를 비춰주며 막둥이와 통화를 이어갔다.

"아빠는 오늘 삐뽀삐뽀 소방차 타고 출동해야 해서 막둥이 못 데리러 가요. 엄마하고 조심해서 오세요~"

"삐뽀삐뽀?"

삐뽀삐뽀란 말에 막둥이는 벌써 울음을 뚝 그치고 휴대폰을 뚫어지게 쳐다보았다. 그리고 빨간 옷을 입고 있는 나와 눈이 마주쳤다. 눈에는 아직 눈물이 그렁그렁 했지만 소방관의 딸답게 벌써 아빠의 말을 이해한 것 같았다.

"그래, 아빠가 내일 막둥이 데리러 갈게요. 오늘 엄마랑 코코 냇내 잘하세요~"

"아빠가 내일 막둥이 데리러 온단다. 아빠~ 내일 꼭 데리러 오세요~ 하자."

집사람의 설득에 막둥이가 마지못해 뭐라고 웅얼거리면서 엉거주춤 고개를 숙이는 게 보였다. 나는 막둥이에게 손을 흔들어 주고 얼른 통화 종료 버튼을 눌렀다. 나중에 집사람에게 전해 들은 바에 의하면 그렇게 하고 나서는 얌전히 카시트에 앉아 집까지 데리고 올 수 있었다고 한다.

막둥이가 벌써 소방차와 경찰차를 타보고 소방관과 경찰관 아저씨를 만나보았다니 이제 사회가 돌아가는 구조(?)를 약간이나마 알게 된 것인지도 모른다는 생각이 들었다. 불이 나면 소방관 아저씨가 소방차를 타고 불을 끄러 가고, 나쁜 사람 잡으려고 경찰관 아저씨가 경찰차를 타고 간다는, 우리 사회의 여러 구성원이 자기가 맡은 분야에서 일을 하고 있고, 그로 인해 사회가 돌아간다는 것을 배워가는 것이다. 그래서 그런지 요즘 유튜브를 틀어주면 여러 직업에 대해 노래하는 영상을 자주 보기 시작했다.

우리 막둥이가 그런 사회의 메커니즘을 이해하고, 언젠가 자라서 그 사회의 당당한 일원이 되어 자기의 역할을 훌륭히 감당해 내기를 바란다. 그리고 나 역시 아빠로서 그런 막둥이에게 훌륭한 롤모델이 되어 막둥이가 가는 길을 환히 비추어 줄 수 있기를 오늘도 기도해 본다.

# 나의 월드컵
관전기

올해 초부터 기다려온 카타르 월드컵이 며칠 전 개막했다. 24일 저녁엔 한국과 우루과이의 조별 경기 1차전이 있었다. 손흥민의 부상 투혼과 다른 한국 선수들의 파이팅 넘치는 경기를 조마조마한 마음으로 응원하다 보니 그전에 있었던 월드컵 경기들도 주마등처럼 내 머리를 스치고 지나갔다.

기억에 남는 월드컵은 중학교 시절로 거슬러 올라가 1986년 멕시코 월드컵부터였다. 그 대회는 아르헨티나가 우승한 대회로 이른바 마라도나의 '신의 손' 사건이 있었던 대회다. 당시 사진을 보면 마라도나의 손이 공에 닿은 것을 명백하게 알 수 있지만 화질이 나쁜 중계방송과 뜨거운 멕시코의 태양, 그리고 영국을 향한 아르헨티나인들의 적개심이 묘하게 버무려져 그 분위기에 심판도 속은 것이 아니었나 싶다. 골이 들어간 후 마라도나의 말은 또 얼마나 기막힌가? "물론 손으로 넣었습니다. 저의 머리와 신의 손으로요." 키가 작았던 마라도나가 어떻게 골키퍼 앞에서 헤딩슛으로 골을 넣었을까? 하는 의문은 바로 그다음에 나온, 마라도나가 50미터 이상을 혼자 드리블하면서 영국 수비들의 혼을 빼놓으며 넣은 두 번째 골로 깨끗이 사라졌다. '과연 마라도나로구나' 하는 탄성이 터져나온 골이었다. 그 골로 이미 아르헨티나가 우승의 왕좌에 앉는 것은 시간문제였다. 우리나라도 이 대회에서 최선을 다했다. 최순호 선수의 그림 같은 중거리 슛과 대놓고 까부는 마라도나를 걷어차는 우리 허정무 선수의 태권 킥이 생각난다.

당시 까까머리 중학생이던 나는 지구 반대편에서 벌어지는 월드컵을 밤새도록 보고 빨간 눈이 되어, 그다음 날 친구들과 학교 운동장에 모여서 어제 본 축구 얘기를 하며 "멕시코 댕가댕, 멕시코 댕가댕~" 노래를 부르면서—아마도 멕시코 월드컵 주제곡이었던 듯하다—축구공을 쫓아 운동장을 누볐다.

재밌는 것은 그렇게 같이 멕시코 월드컵을 보고 같이 축구를 하던 내 단짝 친구가 지금은 진짜로 멕시코에서 살고 있다는 것이다. 그렇게 '멕시코 댕가댕~' 노래를 잘 부르던 그 친구는 대학을 졸업하고 공무원 공부를 하나 싶더니 어느 순간 비행기를 타고 멕시코로 가버렸다. 멕시코에서 형이 하는 신발 사업을 도와야 한다는 게 그 이유긴 했지만, 중학교 시절에 워낙 '멕시코 댕가댕~' 노래를 많이 불러서 그렇게 된 것이 아닌가 하는 생각도 가끔 든다. 그리고 그 녀석이 옆에 있으면 월드컵을 더 재미있게 볼 텐데 하고 아쉬운 마음이 들 때도 있다.

내가 잊지 못하는 두 번째 월드컵은 1994년 미국 월드컵이다. 1994년이면 내가 강원도 춘천에서 군 생활을 하고 있을 때였다. 이른바 도하의 기적—예선에서 일본이 본선에 올라갈 성적이었는데 마지막 상대인 이라크가 후반전이 끝날쯤에 동점 골을 넣는 바람에 어부지리로 한국이 본선에 올라감—이후에 올라간 본선 상대는 스페인, 볼리비아, 독일이었다(역대 월드컵을 보면 우리가 속한 조는 항상 강팀

두 팀에다 약팀 한 팀으로 우리가 3위로 떨어지는 경향이 있다).

스페인과 볼리비아전을 각각 2-2, 0-0으로 모두 비기고 대망의 마지막 독일전이 있는 날이었다. 한 내무반에서 선임하사 이하 모든 중대원이 TV 앞에 모였다. 말년병장은 TV 바로 앞에 베개를 놓고 비스듬히 누워서, 이등병은 제일 뒤에서 각 잡고 시청 정렬을 하고 침을 꼴딱꼴딱 삼키며 경기를 봤다. 클래스가 다른 클린스만의 골을 첫 골로 얻어맞아서일까? 우리나라는 맥없이 끌려가며 전반전에만 독일에게 내리 3골을 내줬다. 이번 독일전에서 비기기만 하면 16강에 올라갈 수 있는데… 입술이 바짝바짝 타들어 갔다. 그런데 TV 바로 앞에서 안절부절못하며 얼굴이 붉으락푸르락하던 선임하사가 뜬금없이 "이번에도 안 되겠다. 그냥 나가서 잡초나 뽑자!"고 말하는 것이 아닌가? 부대원들의 타들어 가던 입술은 어느새 불뚝 튀어나와 버렸다. 그러고서 선임하사는 말년병장들만 데리고 계속 축구를 시청했다. 상병들은 문 입구에 서서, 일병들은 내부반 창문을 통해서 축구를 봤고, 나와 같은 이등병들만 잡초를 뽑으러 나갔다. 미국 댈러스의 날씨와 마찬가지로 우리나라의 그날도 몹시나 더웠다. 가만히 있어도 땀이 뚝뚝

떨어지는 날씨에 연병장의 풀 뽑기도 힘들었지만 축구 승패에 대한 궁금증을 참는 것도 그에 못지않게 힘들었다. 그렇게 한 30분 정도 지났을까? 갑자기 내무반에서 "와~!" 하는 함성이 들려왔다. 얼른 내무반으로 달려가 보니 황선홍이 첫 골을 터뜨리고 특유의 세리머니를 하는 것이 슬로비디오로 나오고 있었다. 그것을 보고 우리는 다시 응원 대형으로 정렬했다. 부대가 떠나갈 듯한 가열찬 응원 가운데 터진 홍명보의 중거리 슛~ 골인! 우리는 서로 얼싸안으며 모든 중대원이 하나가 됐다. 계급을 떠나서 모두가 하나가 된 순간이었다. TV 바로 앞의 말년병장과 맨 뒤의 이등병 막내가 하나 된 기억.

경기는 아쉽게도 2-3으로 졌고, 대한민국은 16강에 가보지도 못하고 탈락했다. 왜 선임하사는 뜬금없이 하프타임 때 우리를 잡초나 뽑으라며 연병장으로 보냈을까? 지금까지도 아쉬움이 남는다. 우리가 계속 응원을 했다면 어쩌면 이기거나 아니면 한 골을 더 넣을 수 있지 않았을까?

잊히지 않는 월드컵, 그 세 번째는 뭐니 뭐니 해도 2002년 한일월드컵이다. 여러 경기가 있지만 그중에 가장 기억에 남는 경기는 튀르키예와의 3, 4위전이다.

1994년도에도 우리의 발목을 잡았던 독일이 2002년에도 우리를 4강에서 주저앉혔다. 그러고 보면 독일이야말로 우리가 반드시 잡아야 할 숙적임이 분명하다. 비록 결승에는 못 올라갔지만, 우리 국민이라면 누구나 3, 4위전에서 튀르키예를 잡고 3위에 오르길 바랐을 것이다. 올림픽에서도 금, 은, 동메달 외에는 잘 쳐주지 않고 한국인이라면 누구나 삼세 번, 삼세 판을 좋아하기 때문에 '월드컵 4강 진출'과 '월드컵 3위'라는 말은 그 어감부터 달랐다.

그때 나는 모 소방서에서 2년 차 구급대원으로 한창 뛰고 있었다. 출동이 걸리지 않기를 마음속으로 기도하며 고참들의 명을 받아 센터 사무실 TV 앞에 치킨과 콜라를 정성스레 세팅하고 경건한 마음으로 튀르키예전을 관람하기 시작했을 때였다. 그런데 얄궂게도 경기가 시작되자마자 뒤로 돌린 공을 받은 홍명보가 어버버하고 알을 까버렸고, 기회를 놓치지 않은 상대팀 선수가 시작한 지 1분도 안되어 우리의 골망을 갈라버렸다. 나는 종이컵에 콜라를 따르면서 그 장면을 보다가 너무 어처구니가 없어서 따르던 콜라를 테이블에 쏟아버리고 말았다. 그런데 어처구니없는 일은 그게 끝이 아니었다. 내가 콜라를 테이블에 쏟자마자 구급출동이 걸린 것이었다.

"구급출동! 구급출동! ○○나이트클럽, 환자 머리에 피 흘리고 있고 폭행 추정됨!"

'아니, 이런 X 같은 경우가…'

우리는 연거푸 찾아온 두 번의 불행을 한탄하며 구급차에 올랐다. 사고현장에 가보니 앞의 두 사건보다 더욱 어처구니없는 경우가 우릴 기다리고 있었다. 우리 관내에는 '○○나이트'라고 중장년층이 주로 이용하는 대형 나이트클럽이 있었는데, 거기서 왜, 그것도 대낮에 월드컵 응원을 하고 있었는지는 지금도 의문이다. 물론 당시에는 워낙 월드컵 열기가 뜨거워 사람이 모이는 장소라면 어디든, 심지어는 교회에서도 모여서 응원을 하곤 했으니 이해 못할 바는 아니다. 어쨌든 우리가 사고현장에 도착해 보니 머리에 노랗게 물을 들인 30대 정도로 보이는 여자가 피를 흘리며 쓰러져 있었다.

그 나이트클럽에서 일하는 기도의 말에 따르면 튀르키예가 첫 골을 넣는 순간 너무 화가 난 나머지 남자친구가 맥주병으로 여자의 머리를 내리쳤다고 했다. 그 남자친구는 자기네가 붙잡아 놓았으니 일단 여자만 응급처치를 해서 병원으로 옮기면 남자는 자기네들이 경찰이 오면 경찰에게 넘기겠다고 했다. 하지만 남자의 말은 달랐다. 자신은 여자친구와 열심히 응원을 하고 있었는데 갑자기 다른 테이블에서 온 사람이 맥주병으로 여자친구의 머리를 가격했다는 것이다. 그런데도 기도들은 아무런 죄 없는 자신을 범인으로 몰고 있다는 것이었다. 양쪽의 말이 너무 다르므로 여자에게 자초지종을 물어보았으나 여자는 대답은 않고 계속 울기만 했다. 머리에선 출혈이 멈추지 않아 우선 그녀를 병원으로 이송하려 했으나 이번에는 여자가 완강히 거부했다. 남자친구와 같이 가지 않는다면 아무 데도 가지 않겠다는 것이었다. 그래서 남자를 같이 태우려니 이번에는 기도들이 범죄자를 그냥 도망가게 놔둘 수는 없다며 막아섰다. 이런 정의감에 불타는 기도를 봤나? 이것 참 난감한 일이 아닐 수가 없었다.

그 와중에 경찰차도 아직 현장에 도착하지 않아서 양쪽의 실랑이만 계속해서 이어졌다. 경찰이 없는 상태에서 양쪽의 실랑이를 지켜보는 것도 괴로운 일이었다. '월드컵 보느라 늦게 오는 거 아냐?'라는 생각이 들 때쯤 경찰차가 도착했다. 경찰은 일단 피해자와 남자를 분리시키고 여자를 먼저 병원에 데리고 가라고 했다. 우리는 울고 있는 피해자를 달래 가며 병원으로 이송했다. 거리에 차가 별로 없어서 수월하게 갈 수는 있었는데 문제는 병원 선정이었다. 찢어진 부위가 제법 넓고 안면까지 이어져 있어 정형외과와 성형외과를 함께 진료하는 병원을 찾아야 하는데 전문 병원을 선정하기가 어려웠다. 게다가 겨우 선정해서 도착해 보면 전문의가 웬일인지 그날따라 부재중이었다.

두세 번의 전원(다른 병원으로 이송함)을 거쳐 겨우 전문의에게 환자를 인계하고 안전센터로 귀소해 보니 튀르키예전은 이미 끝난 후였다. 한국이 2-3으로 아쉽게 졌고, 월드컵 4위에 만족해야 했다. 경기가 다 끝나고 나서 튀르키예 선수들이 한국은 형제의 나라라며 유니폼을 바꿔 입고 어깨동무를 하고 그라운드를 걸어 다니던데, 환자를 이송하느라 게임도 제대로 보지 못하고 응원도 하지 못한 나로서는 그다지 즐거운 광경은 아니었다. 한국 선수들도 하나같이 나처럼 아쉬움이 가득한 표정들이었다.

이렇게 쓰고 보니 결정적인 순간에 보지 못한 경기, 게다가 패한 경기가 제일 기억이 많이 난다. 열심히 응원하고 후련하게 이긴 경기보다도 왜 그런 경기들이 더 기억에 남아 있는지 모르겠다. 생각해 보면 우리의 인생도 축구와 무척이나 많이 닮아 있다. 내가 가보지 못한 길, 해보지 못한 일에 더욱 미련이 남는 것이다. 그 전공을 선택했더라면 어땠을까? 그녀와 사귀었다면? 그 직장에 들어갔더라면?… 그런 기억들이 우리에게 큰 아쉬움으로 남아 있다. 하지만 그런 기억들도 패한 축구 경기와 마찬가지로 우리 인생의 일부다. 패하지 않으면 이길 수 없듯이 그런 과거가 없다면 우리의 현재도 없는 것이니까… 우리는 과거의 패배들을 곱씹으면서 승리의 그날을 꿈꾼다. 우리 인생도 아쉬웠던 순간을 곱씹으면서 조금 나아질 미래를 꿈꾸는 건지도 모르겠다. 어쨌든 나에게는 패한 축구 경기처럼 지나간 날의 아쉬움도 소중하다. 승리한 날의 기억처럼 패배한 날의 기억들도 모두 지금의 나를 만든 자양분이니까… 그 기억을 발판 삼아 더 나은 내일이 되기를 꿈꾼다. 그리고 우리 한국 축구가 언젠가는 황금빛 월드컵을 들어 올릴 그날을 기대해 본다.

## ▣ 에필로그

　바다에서 강줄기를 따라 올라가 알을 낳고 죽는 연어들처럼 저도 제 안에 있던 모든 것들을 여기에 썼습니다. 뜨거웠던 불꽃의 기억도, 차가웠던 바람의 기억도 이제는 오롯이 제 마음속에 따스함으로 남아 있습니다. 선배를 잃어 아파했던 마음도, 누군가를 구하지 못해 안타까웠던 마음도 이제는 모두 그리움으로 기억될 것입니다.

　그렇다고 모든 게 끝난 건 아닙니다. 아직 제가 가야 할 길이 남았습니다. 저는 십여 년의 시간 동안 소방복을 더 입어야 할 테고, 제가 그 옷을 벗고 소방서를 떠나는 날에도 후배들이 남아서 여전히 소방서를 지킬 것입니다. 그렇습니다. 보이지 않는 곳에서 소방관들은 여러분을 지키고 있고, 그들의 희생과 수고로 많은 분들이 편안하게 잠자리에 드실 수 있을 테지요. 하지만 우리는 그것이 당연하다고 생각합니다. 누군가가 편안하게 잠들기 위해 누군가는 잠 못 드는 밤을 보내야 하니까요.

그리고 그 밤이 지나면 우리는 다시 가족이 기다리는 집으로 돌아갑니다. 누군가의 남편, 아내, 아빠, 엄마, 혹은 아들과 딸로 돌아가는 것이지요. 그러니 혹시라도 어디선가 소방차를 보고 소방관을 만난다면 그도 누군가의 가족이겠거니 하고 생각해 주십시오. 그리고 뉴스에서 소방관이 나온다면 마음속으로 응원해 주십시오. 또 누군가의 아들과 딸이, 엄마와 아빠가, 남편과 아내가 저기서 자신의 가족들을 위해, 위험에 빠진 사람들을 위해 싸우고 있구나 하고 말이지요.

많은 사람들이 그렇게 해주신다면 우리 소방관들은 더욱 기쁠 것이고 화재, 구조, 구급 현장에서 겪은 PTSD에 노출되어 극단적 선택을 하는 소방관들도 줄어들게 될 것입니다.

다시 새로운 한 해가 밝았습니다. 새해에는 부디 가슴 아픈 사건 사고들이 일어나지 않기를, 많은 소방관들이 죽거나 다치지 않기를, 그리고 더 많은 사람들이 소방관들을 이해하고 응원의 마음을 보태어 줄 수 있기를, 떠오르는 새해를 바라보며 나지막이 기원해 봅니다.

# 나는, 소방서로 출근합니다

**1판 1쇄 인쇄** 2023년 4월 15일
**1판 1쇄 발행** 2023년 4월 25일

**지은이** 이무열(소방관 아빠 무스)
**펴낸이** 안종남

**펴낸 곳** 지식인하우스
**출판등록** 2011년 3월 31일 제 2011-000058호
**전화** 02-6082-1070
**팩스** 070-7966-0156
**전자우편** jsinbook@naver.com
**블로그** blog.naver.com/jsinbook
**페이스북** facebook.com/jsinbook
**인스타그램** @jsinbook_official

**ISBN** 979-11-90807-24-1   03810